二〇の短編小説

（星新一を追いつづけて）

目次

はじめに

星新一さんが遺した一〇〇一編の極意とは？

ぼくがテレビ朝日に入社した一九五八年の末には、空想科学小説専門誌『宇宙塵』（柴野拓美編集長）は発行されていたし、『宝石』誌に転載された星新一さんの処女作『セキストラ』が巷で話題になったころでもあった。

そのショート・ショートにヒントを得て、日本教育テレビ（現・テレビ朝日）の北代博課長が作成した企画書ＳＳ（＝短い短い物語）に、シェル石油がスポンサーになってくれたおかげで、二年もの長い間、放送を続けられたのだとおもう。

『ＳＳ』は十五分の番組枠だが、ＣＭやタイトルの時間を差し引くと、ドラマの内容そのものは正味十三分弱しかない。それも木曜日の二十二時四十五分から二十三時までの生放送として開始されたのだった。

ぼくの最初の一作は、『開業』（原作・星新一、D・若井田久（久は演出のみに使用）、桑山正一、玉川良一、瀬良明、七瀬真紀、語り・橘屋園太郎だった。そして、前述したように、『短い短い物語』の番組は長寿番組となり、加えて演出一部、二部、三部のディレクターたちがつぎつぎと参加し、Dの総数は十四名にもなり、しかも二年もの間、放送されるという長寿番組にもなったのである。

加えて、番組の一〇〇回記念の回は、『涙の三話』というコンセプトで、オムニバス形式を採り、一話四分間で、三人のD（北代博、若井田久、須田雄二）が交代して、生放送の演出を担当したのだから、オドロキである。

この『SS』の番組の他にぼくは、開局後二年の間、随時六十分のドラマ番組の演出もこなしていたから、寸暇を惜しむほど多忙なため、通勤することもままならず、二日つづけて局の宿泊室に泊ったことが、幾度もあった。……それが懐かしく想いだされてくる。

そうそう、こんなことがあった。

東大卒の星製薬の御曹司の星さんが、『SS』番組の放送が開始されてすぐに、このぼくに食ってかかってきた。

「私は、長い話を短くする才能を売りにしているのです。しかし、原作料金は三十分が基本料金になっていて、一時間ドラマだと基本料金の一・七倍に減額されると聞いています。それは、それで理解できますが、十五分ドラマだと、いきなり三十分ドラマの基本料金の二分の一に減額されるのは、どうにも納得できません！」

そう理詰めに抗議を受けて、ぼくは返答に窮した。

「星さん、この件は多分ダメでしょうが、ぼくが一度、著作権課と掛け合ってみますよ」

「お願いします……ところで、若さんも『宇宙塵』の同人なってよ」

「星さん、それは、このぼくに『ＳＳ』を書けという意味ですね？」

「その通りです。それが入会の条件ですから」

「解りました」

星さんと別れたぼくは、すぐに構想を練り、『応募ハガキ』という題名の『ＳＳ』を書きあげた。その内容は、応募マニアが指数関数的に返信ハガキを受けとる羽目に陥り、ハガキの束に、マニア本人がアパートの自宅から追い出されるハメになるという内容である。

一九六一年一月十日、ぼくは挙式と披露宴を地元の大分の臼杵市で済ませていたが、日本教育テレビ（＝現・テレビ朝日）の第三部演出部長の大垣三郎さんが、わざわざ東京での仲人役を買ってくれて、北代博課長ほか、幹事役の中山君などの有志が、ぼくと妻・康子の結婚披露パーティーを麻布会館で開催していただけるというので、ぼくの両親も大分県・臼杵市から出席することとなった。東京の仲人は大垣部長夫妻、保証人・内村直也（劇作家）、的場徹（大映特撮監督）、江上輝彦（放送・脚本家兼女子大教授）、星新一（SS作家）、野末陳平（放送脚本家）、末広亭席主・遠藤義臣、北代博課長、林田照慶（ぼくの青山小学校同級生・写真家）、女優の寺島清江（尾上梅幸さんの長女）、中山雅美（幹事役）の面々だったと、いまでも鮮明に記憶している。

それから、どれほどか月日が流れ、星新一さんが文壇で評判になりだしたころ、ぼくはテレビ・ドラマの脚本（＝SS）をもらいに、一ノ橋近くの高層マンションの星さん宅へよく訪れたものだ。あるとき、玄関先の立ち話だったが、ぼくは、「SSを創作する秘訣は何ですか」と単刀直入に訊いてみた。

「そんなものありませんよ」

「いや、絶対にあるはずです。秘伝とかをちょっぴり、教えてくれませんか」

「秘伝？……秘密にしているから秘伝なのです……強いていうなら、閃きですかね」

ぼくは、なおも食いさがった。

「星さん、星さんはいま、どんな勉強していますか？」

「落語のオチです。だから、私は古典落語を研究中です」

そう重い口調で答えてくれたのを、ぼくはいまでも忘れないでいる。

☆

一九九〇年の七月十八日（ぼくの誕生日）に、講談社刊『愛の栞』（妻の康子とぼくとが結婚に至るまでの書簡集）を贈呈したところ、星新一さんから同年九月十八日付の礼状が、ぼくの手許に届いた。

本当に久しくお会いしませんが、お元気のようで、なによりです。
立派な本をいただき、ありがとう存じます。
普通の作家には書けない内容で、心に沁みました。
本にまとめたい気分、よくわかります。
本年の夏は仕事になりませんでした。
私は五年前より、旧作の手直しをしています。
SF的なものは年月がたつと古びる部分があり、なじんでくれません。
予期しなかったことです。
新作をかくよりも楽です。

若井田久様へ　　　　　　　　　　星新一より

星新一さんは苦しみ抜いて、しかも晩年は書痙に苦しみながらも、一九八三年に一〇〇一篇の『SS』の作品を遺しています。数といい、内容といい、ぼくは驚嘆せずにはいられません。

ぼくが自分自身の経歴を振り返りますと、テレビ映像制作の仕事とともに、執筆活動を始めたのは、星さんからの強い刺激があったからだ、とおもっています。ぼくよりも四つ年上の星さん（一九二六年生誕）は、口調は重いほうでしたが、話す内容はいつも正鵠を射っていて、婉曲な話し方を嫌う人でした。それが星さんの持ち味でもあったと、ぼくはかねがねおもっていました。

ぼく自身の略歴にふれると、日大芸術学部を卒業し、大映多摩川撮影所の特殊撮影課へ入所後、日本教育テレビ（ＮＥＴ＝現・テレビ朝日）の開局前に入社し、開局後すぐに星新一さんと遭遇して、『ショート・ショート（テレビ番組名）＝ＳＳ』他に、数多くの一時間ドラマの演出を手掛けたのちに、東京12チャンネルへ移籍しました。

だが、五十歳のときに退社を決意し、ワカイダ・プロダクションを設立しました。それは、サラリーマンの映像創りを諦めて、無給の映像制作者になったということです。

ぼくはそのとき、二つの民放局での映像制作が、如何に狭い井の中の蛙だったか、ということを知りました。退社後はＮＨＫをはじめ、在京民放五社という広いテレビ界の世界へ飛び出してみて、テレビ番組の制作依頼を受けたり、自社制作の映像企画書を売り込んだりが、できるテレビ界という大海を実感しました。ぼくは自分が努力しさえすれば、明るい未来があることを信じて、とことん頑張りつづけました。ところが、ＮＨＫをはじめ、在京民放五社との番組制作の経験を一巡するころには、加齢とともに自分の体力に限界を感じるようになり、たしか、六十五歳のころでしたか、映像の企画制作の縮小を真剣に考えはじめ、テレビマン時代に遭遇した著名人たちとの記録作成をしたり、そう、テレビ東京退職後からは、源氏物語の研究にも真剣に取り組むようになっていました。

一　パラダイスZ社

パソコンの電源を入れたら、いきなり文字が現れた。

シャロウム！
あなたは、もう戻れません。
前進するしかありません。
エンター・キーを押して、
指示通りに作業を進めて下さい。

古畑新作は入社して二週間足らずなのに、突然こんな文章が、社内の自分のパソコンの画面に現れてビックリした。どうやらパラダイスZ社は、一流の総合商社であることは論を俟たないが、亡き伯父の話では、「オモテとウラの二つの顔があるのかも?」という話だったが、古畑は気にせずに、自分の睡眠時間まで削って猛勉強した甲斐があって、なんとか難関の一流の総合商社・パラダイスZ社の筆記試験を突破することができた。

そして古畑は、二次試験の面接試験の日を迎えた。古畑は気合を入れて大声で、「古畑新作、入室いたします!」と唱えてから、受験者用の椅子に座った。

試験官は、人事部の部長と次長の二人の試験で、机の前には、二人の肩書の半紙が下がっていた。古畑の履歴書とそのコピーを暫くの間、見詰めたままだったから、重い沈黙が部屋を満たした。

(入社試験の筆記試筆の方は、まあまあのできだったが、自分が二流大学卒ということが、問題なのだろうか?)古畑は不安顔で二人の試験官を交互に見詰めていた。

重い沈黙を破ったのは、次長の声だった。

「君は、商店街の民謡大会で、安木節を演じて準優勝したと、この履歴書に書いてありますが、そうですか?」

「はい、事実であります。会場でドジョウ掬いを踊って、数百人の観客から爆笑をもらいました」古畑は胸を張って答えた。

部長が、にやにや薄笑いを浮かべながら、

「そうですか、そうですか……では、ここで、ドジョウ掬いを一差し舞ってみてくれませんか」

と所望された。

「(占めた!)では、チョット準備を致しますので」

と衝立の陰で、持参した糸に通した五十円硬貨を鼻の上にのせ、日本タオルで頬かむりすると、現れて、

「では、ご所望のドジョウ掬いを、ご覧ください」

そう言って、古畑新作はいつもよりも、ややオーバーに演じたから、人事部の二人の試験官は捧腹絶倒し、暫くの間、笑いは収まらなかった。

二週後、五十人ほどの新人とともに、合格通知を手にして古畑新作が入社式を終えたと

きには、すでに彼は人気者になっていた。その訳は、人事部長が面接試験での古畑のドジョウ掬いの踊りを社内に流したので、その情報は瞬く間に社内を一巡してしまっていたからである。ほどなく新人の古畑新作は、社内各部の送別会や酒席の催し物などに引っ張り凧になっていった。

さて、ここでパラダイスZ社について触れておかなければならない。

パラダイスZ社は一流の総合商社であることは論を俟たないが、その海外部は日本の領事館を凌ぐほど、世界の動静を把握できているし、親友や伯父が心配していたように、同社はどうやら表の顔と裏の顔があるらしいことを、古畑は早くも察知していた。

その証拠は、古畑の社用のパソコンはいうに及ばず、自宅の個人用パソコンにも、『シャロウム!』の挨拶を受けるようになり、とうとうパラダイスZ社の裏面会社とおぼしきシャロウム社の規約までが、メールされてきたのだった。

規約

A勲章受章者（小卒）、B勲章（中卒）、C勲章（高卒）であり、大卒の古畑は既にD勲章受章者である。給付金は、経団連所属会社の平均の月給半額であるが、年に一度昇給があり、功績が目覚ましいとシャロウム本部が認めれば、二階級特進することもある。

こうして年数と功績によって、Z勲章の受章者にまで昇進しつづけることができるのである。

※但し、Z勲章受章者は一年以内に自殺するか、刺客の手に委ねて死を迎えるか、二者選一のいずれかを選ばねばならない。従って、自然とX賞、Y賞の受賞者たちのサボタージュが増える傾向になるのは止むを得ない、と本部は認知している、以上。

注、機密保持のため、本規約や今後の連絡手段は、パソコンのメールのみに限定し、本部から発信する命令文や、本部へメールする社員の連絡文は速やかに屑籠に入れて消去しなければならない、以上。

古畑新作はこの規約を、ただ馬鹿正直に遵守し、パラダイスZ社の社内に転がっている情報を、同社の裏面会社らしきシャロウム本部の要求に応えるために、ただ手抜きせずに、要求される情報をパソコンで、メールしていたに過ぎないのに、とんとん拍子に出世街道を進み、男の大厄・四十二歳で、X勲章の栄誉に輝いたから、パラダイスZ社からの給与のほかに、シャロウム本部からもX賞の機密手当（月額七十万円）を受取ることとなった。

だがしかし、金銭的に豊かになった古畑は、二社（銀行の予金通帳には月給、郵便貯金通帳にはX賞の機密手当金）が振り込まれるから、口座には増える一方で、（これではいかん）との警戒心から月々に二社から口座からは生活費として一定額を引き出すようにしていた。

地味な人生が好みの古畑新作の身辺には、現ナマ（万札の束）が増えるばかりで、その現ナマの処理に苦悩するようになった。地味好みのといっても、昇進がつづいたから世間の噂や妬みやらを気にしはじめたことは事実で、ことさら刺客の眼を警戒していたから、怪しまれることのないように、月一度必ず、生活費として通帳から現金を下ろす行動は忘れずにつづけていたが、予想外に現ナマが増えるばかりで、地味な生活をしている古畑新作は、その処理に苦悩するようになった。

まずは、新作の心理をアパートの住人に感づかれないようにし、まして世間の噂になるようなことがないように心掛けていた。噂が刺客に気取られたら、それこそ人生に破滅を招くのは必定だからである。だからだ。警戒しすぎることなどはありえない。

さらに加えていうなら、どうやらパラダイスZ社の上層部は、政府に非協力的なブラック・ハッカーの集団を志向しているらしく、その正反対のホワイト・ハッカーの集団（政府に協力的）からすでに離れはじめていることも、すでに古畑は感知するまでになっていた。

或る夜、古畑は木造アパートの寝床で、少年時代の夢をみていた。……油蝉が鳴く夕方、井戸端で、泥だらけのランニング・シャツの胸に、母親がビールの王冠をつけてくれながら、静かに、しかも厳しくいった。

「いつも、いつも、神宮外苑の椎の木に登って、ターザンごっこ遊びばかりやっていては、ダメな人間になりますよ。勉強をしないとダメ、出世しませんヨ！……これ金鵄勲章の代わりよ。新作、勉強してちょうだい、いいわね⁉」
目覚めた古畑は、「王冠の金鶏勲章か⁉」と独り言を呟きながら、気合を入れて、机上のパソコンに向かった。

パラダイスZ社の建白書
わが社の社員数は、既に会社の組織が肥大化してしまったため、七〇〇〇人を超えています。それ故に、縮小のために馘首の大鉈を振るうときでもあります。同時に組織と人事についても能率の向上化を計るために、冷酷な眼力をもって再検討すべきときでもあります。大艦巨砲主義を捨てて、少数精鋭主義に速やかに移行すべきです。
手始めとして、極秘に進学塾と提携して、低学年のパソコン天才や優秀者の活用を計ることなども一案といえましょう。加えて、わが国特有の悪習ともいうべき会社の年功序列制を廃止し、組織内の各部の役職者も優秀なパソコン操作者として、インド生まれの成人を積極的に採用（技術面でも、賃金面でも得策か⁉）すべきであるとご提案いたします。

インド国が優れている点に触れますと、日本国の九九は一桁ですが、インド国の九九は二桁です。そればかりか、数学で用いる零（＝〇）を発見した国でもあるからです。近未来に、数学者のゲオルク・カントールが、唱えている無限の無限乗を操ることの可能な家庭用コンピュータの開発が、実現化するかもしれませんし、次世紀の地球はこれらのコンピュータによる情報合戦で、ブラック・ハッカーによる暗躍で国が滅亡することもありましょう。つまり、ハルマゲドンの戦いが繰り広げられることは、必定であります。それ故に、小生のご提案を至急実行するようにお願いします。

以上、取り急ぎご提案を申し上げます。古畑新作より

シャロウム本部御中

古畑は右記の建白書をパソコンでメールしたところ、すぐにシャロウム本部から、【本部は、X勲章者の古畑新作殿へZ勲章を授与する】との返信がきた。それは嬉しい報せでもあり、悲しい報せでもあった。

古畑新作は、嬉しさと悲しさが混じりあった苦い涙を頬に流しながら、自分の余命が、

最長であっても、三六五日しかない？　……（とおもうと悲しさと嬉しさとが混じりあった重く辛い塊が、自分の胸中で蠢めきつづけているのだった）。

十二月二十四日、図書館で読み止しの本を読了すると、外へ出て公園へ行った。冷たい風の吹く中で、暫くの間、すでに習慣化した吟行を愉しみ、やかましくジングルベルの曲が流れる長い商店街を抜けて、自宅のある貧相な木造アパートへ急いだ。ドアの前に古畑新作宛の小型のダンボールが置いてある。宛名を確かめてから、室内に持ち運んだ。

インスタントの簡単な夕飯をすませて、暫くの間、テレビ番組を観ていたが、想いだしたようにダンボールを開けてみた。送り主の手紙はなく、気泡緩衝材に包まれたブリキ製のサンタクロースが出てきた。サンタに担がれた白い袋には、瓶の王冠が一つ入っていた。「（本部は粋なことをしやがる）」そう古畑新作がつぶやくと、サンタさんを机上のパソコンの傍に置いた。

そのとき、サンタさんに担がれた白い袋のそばのボタンに触れたためか、スイッチが入ったような音がして、サンタさんの口がわずかに上下し、声をだした。「新作さん、アメリカの民謡のジングルベルの歌を一緒に唄いましょうよ」

「(この声は、母の声だ！)」

二人は唄いはじめた。新作はすぐに涙声になり絶句したままで、母の唄うジングルベルの唄を聞いていた。

サンタさんの口から発する母の声が唄い終わると、部屋が静かになった。

古畑はテレビ番組を観る気もしないので、クリスマス・イブの夜というのに夕食も摂らずにセンベイ布団を敷くと、ブリキ製のサンタさんを枕元に置いて寝込んでしまった。

宵祭りが明けて、クリスマスの本祭りになる深夜、ブリキのサンタさんの口から放たれた毒針が古畑の頸部に突き刺さり、ほどなく絶命した。

Z勲章の受賞者・古畑新作が、三六五日の間、自殺か、刺客の手を借りて死を迎えるか、それを苦悶せずに済むように、本部が初めて施した慈しみでもあった。

二　白い闇

湖畔に丸太造りの二階建ての山小屋がある。

一階は仕事場で、創作中の一五〇センチほどの立像があるが、これは十年前に村の仁恵寺住職から仏師の世部善人が、創作依頼を受けた阿弥陀如来立像だ。村の古老の話では巨木探しとその乾燥に長い歳月を費やし、彫りはじめたのはごく最近のことだそうだ。

だるまストーブのなかで燃え盛る薪が弾け、余韻をひいた。

いま、その立像を正座して見つめている黒い顔の大男は、混血児の黒井勇といい、世部善人・仏師の唯一の愛弟子だ。立像の両足は踏割連台《ふみわりれんだい》で、肩に流れる衣を身にまとうお姿も垂下の袖も雄雄しい翻波模様になる気配が漂い、頭部は荒削りだが、いくつもの饅頭を潰したごとき螺髪《らはつ》になろう。如来のお顔は未だ白木のままだが、いま、そこに仄見える潜顔を視認して勇は、仰け反った。

それは十年経て、やっと拝めた潜顔だったからだ（これはきっと世部師匠が沁みこませた潜顔だろう。オレなら柳葉形の両眼をもっと長く彫り込みたい……）。これまでの長い間の修行が勇に慈悲深い仏の眼を想い描かせ、白木に潜む柳葉形の眼と重なったとき、いきなりその眼光に勇の両眼は射られた気がした。

暫く目が眩んでから勇は我に返り、ふらふらと脇にある師匠の鑿《のみ》と木槌を手にして起ち上がった。だが、勇は創作中の阿弥陀如来に近寄れない。「ワシに無断で鑿など使うな！」と師匠の叱責を浴びたからだ。……過ぎ去った飯炊きのしくじりや薪割りの辛さや広い仕事場の拭き掃除などが、いや、そればかりか、「鑿や鉈などの研ぎが甘い」と師匠の叱責と打擲をうけた光景が脳裡に蘇った。きびしい十年余の修行を経て邪念を払った二十五歳の勇は、いま、「こんな霊験、オレ、マジ、パニクッタサー」と呟いたのだった。勇ごとき未熟者が白木に洗顔を拝めたのは僥倖《ぎょうこう》といってもよい。

身長一九〇センチ超の日本人離れした黒い混血児の勇は、白木の潜顔の如来の眼から再び放たれた光のシャワーを全身に浴び、しばし蹲ったが、にわかに胃に差しこみを覚え、厠に駆け込んだ……。

　黒井勇の母親は、沖縄の米軍基地近くの居酒屋で今も働いているらしい。生きるためとはいえ、盛りのついたメス猿みたいに年がら年中、若い黒人米兵との肉欲に溺れている淫らな女で、「若い黒人との暴力的セックス、好きさー」と口にして憚らない女でもあるから、自然とそんな濡れ場をついつい垣間見て育ったのが勇で、当然勇自身も黒人米兵と淫乱な母との間にできた混血児だった。

　当時の母親は、三、四人の黒人米兵と肉体関係があったから勇の真の父親がどの黒人かは、母親自身も解らぬまま、臨月を待たず、黒人米兵たちは逃げるようにアメリカへ帰国してしまっていた。すでに十五年もの歳月が経っているから捜すのは難しいし、母親自身も勇の父親捜しに頓着する女ではなかった。

　一方、私生児の黒井勇は、淫乱な母親とは正反対で純朴に育ち、思春期もぐれずに過ごしはしたが、勉強とマムシが大嫌いで、中学校へはろくに行かず、母親の住むあばら屋風の居酒屋でバーテンダーのまねごとをしていたら十五の歳を過ぎていたのだった。

いっとき母親は、周り人の勧めで、勇を関取りにでもと考えなくはなかったが、「図体ばかりでかくて、馬鹿正直で、猪口一杯の酒も飲めない男じゃ、角界は無理！」と名付け親の牧師に諭されて諦めたらしい。その年の初冬、仁恵寺の檀徒たちの沖縄観光旅行に随行した仏師の世部善人はひょんな切っ掛けで、居酒屋で遭った黒井勇少年の心根を見抜き、母親を説き伏せて自分の弟子にしてしまった。とはいえ国籍は日本でも、暗闇からぬーっと現れたような勇少年の肌の黒さに、本土の村民の誰もがすれちがいざまに飛びずさったり、バナナの皮を投げつけたりした。しかし十年も経った昨今では、二十五になる勇は生来の愛嬌ものだったから、村民たちから「クロちゃん」の愛称で呼ばれるまでの人気者になっていた。

山麓の古刹の久木野仁恵住職には、妻を亡くす原因になった逆子で生れた一人娘の野菊という思春期の少女がいて、生まれてはじめてときめいた男性がこの混血の勇だそうな。勇のクルスが野菊の胸で光っているとの噂が村を一巡していた。その対策を考えあぐねた仁恵住職は、急遽檀家総代の庄屋の主に娘・野菊の暴走を泣訴したところ、世部仏師が庄屋邸に呼びつけられ、三人でその対策を練ることとなり、勇が電話で師匠の怒声を浴びたのは三時間ほど前のことだ。……厠から戻った勇は、制作中の菩薩の踏割連台に目をやり、魂消た。旧約聖書とクルスがあったからだ（野菊が来た！）と知った勇は血眼で納屋や材木倉庫を隈なく捜し回ったが、どこにもいない。が、諦めずに凍える闇の戸外に出て勇は捜しつづけた。

立ちこめる濃霧を仕事場から漏れる明かりや外灯のまわりが、白い闇に変えて、もがき、くねり、まるで肉欲をむさぼる母親の白い肌に染み込んだ憎愛と怨念が、これでもかと黒い闇をねじふせると、つぎはまるで母親の白い太腿や巨乳にむしゃぶりつく米兵の黒光りする逞しい巨体のごとく、白い闇を襲い、手籠めにし、溶け合い、じきに小気味よい痙攣をみせている……。

いきなり強風が吹き荒れ、禍々しい黒白衣をまとった巨大なデビルの喜悦の叫びをおもわせて夜空をいく度か裂くと、やや、可憐な野菊の肉体とおぼしき純白な濃霧がたったいま、中天の漆黒の間にひと息に呑みこまれ、吐き出され、悶えつつ湖面の方へ落下していった。

「野菊ッ！」と勇の絶叫が闇の深奥を突き刺していった。

寒さに堪えられず仕事場に戻った勇は、仏像の足元のクルスを首に下げ、旧約聖書を手にしたとき、紙片が落ちた。見ると、「勇の愛に野菊の身も心も蕩けました。旧約聖書になぜヨブ紀が書かれてあるのか―野菊も天国で考えてみますね。合掌」と走り書きがあった。

三　天然色の夢

朝日に映えた古刹の屋根、空高くのびる銀杏のと、はらはらと舞い落ちる黄葉、細長く奥へ伸びている黄金色の参道、本堂前の境内に音もなく輝きながら舞い落ちる楓の紅葉……夜中に一度トイレに行ってベッドにもどり、(天然色のさっきの夢のつづきを見てみたい)と夢人の世部善人に念じていたら、願いが叶い嬉しいけれど、私自身は目白になって楓の枝に止まっているよ。

あ、あれ、あの妙なるさえずりは迦陵頻伽《がりょうびんが》か、果たしてそうか、そうであるなら、ここはまさしく天国の楽園か。

突如、長い黒髪なびかせて、息せき切って駆けてきたギャルがコソコソと身を隠す。そこは本堂脇の縁側下の柱の陰だ。なぜ？　何故？　……白いセーター、ジーパン穿いて、左足にはスニーカー。あ、あれ、不思議、右足見れば白い靴下が泥だらけ。あわてふためき脱げたのか、それとも履かずに逃げたのか。楓の枝から離れた私、よりよくギャルを観察したいから、松の根方の植え込みに音もさせずに舞い降りた。
胸の巨乳が上下する激しい呼吸も治まって、ギャルのルックスよく見れば、生まれついての円らな瞳、素っピン美白に片頬えくぼ、あ、あれッ、このギャルは京都花街宮川町で、いまにときめく舞妓の楓、真珠のように愛くるしい、見方かえれば悩殺えくぼ。閉じた瞼をこじ開けて涙ぽろぽろ流れ出て、楓の口が囁くように謡いだす。

♪ベクレル セシュウム シーベルト
あんた方 どこさ 東北さ
東北どこさ 原発そばさ
3・11 地震があってさ
それで津波が襲って来てさ
原発原子炉 メルトスルーしてさ

それでとうとう爆発してさ
原子炉建屋がぶっ飛んでさ死の灰撒いてさ
村民町民 てんでんこ 逃げてさ
チョチョイのチョイ チョット ちょんまげ

♪ずいずいずっころばし ごまみそずい
死の灰に追われて トッピンシャン
死んだら どんどこしょ
おとうが 呼んでも
おかあが 呼んでも
ぬけっこなーしよ
井戸のまわりで線量計
こわしたのだーれ

♪廃棄物処理をほっぽって
とうとう 原発再稼動
村民 県民 国民が不安顔
ああ それなのに、それなのに
原発ムラのお偉い人ら
原発の再稼動へ 一心不乱

♪一かけ 二かけて 三かけて
四かけ 五かけて 六かけて
橋の欄干に 腰かけて
はるかむこうを 眺むれば
十六七のギャル一人片手に花持ち 線香持ち
お前はどこかと問うたれば

♪わたしゃ 本州フクシマの
原発そばの生れです
3・11大震災で犬死された両親の
お墓参りもせにゃならん

植え込みに隠れた私、ギャルの謡いを聞いてはいたが、五羽の雀が飛んできて五葉の松の小枝にとまり、ギャルを無視して激しく囀り合って飛び去った。いま、楓舞妓の黒髪が、右の手櫛で梳かれると、指にどっさり黒髪からむ、抜けた黒髪じっと見て、「マジかや、この抜け毛、死の灰浴びたせいだかや」、悲しい声を絞りだし、いく度もいく度も呟いた。堪えこらえていたギャルの瞳から、流れでるでる悲運の涙。「楓、カエデ、かえではどこえー、早まったらあかんえー」引きつった楓捜しの女の叫び、やってくるくる近くまで（あッ、あんれー、あの声は置屋のお母さんだなや。ヤバイっぺ、見逃してぐだんしょ）、と両目を閉じる。なんと美白でキュートな顔か！

上下の前歯に力を込めて舌噛み切ると、口からどっと鮮血流れ、巨乳の胸の純白セーターを、みるみるうちに真紅に染める。

東北の大震災に美白なギャルの運命までも変えられて、京の都の花街で舞妓になった楓だが、引く手あまたで持て囃されたはひと時か、どこどこまでもつきまとう死の灰恐れ、いま自死したギャルは、悲し過ぎます。哀れです。

楓探しの女の連呼には、男衆の呼声も加わって、どうなるだろか。目白の私、慌てておだが寺の屋根へ飛び移る。（早く楓を助けてやってッー）と声をかぎりに叫んでみたが、それはただ小さい小さい目白一羽の鳴き声だった。遠くに去った楓捜しの男女の声が、またまた近くに寄ってくる。いまのいま、ギャルの楓が捜しだされたら、救命きっとできるのに残念無念。楓探しの一団が、銀杏の黄葉蹴散らして去って行く。舞妓の容態見たくなり、私は屋根から舞い降りた。ギャルの口からあふれ出た鮮血で辺り一面敷き紅葉。ギャルの人相変わり果て泥眼能面《でいがんのうめん》そっくりだ。

ああ、色彩夢なんか懲り懲りだ。

四　憂さ晴らし

昔むかし、ふた山越えた三本松近くの寒村の極貧農家には十二人の女児の出産がありましたが、口減らしのために一人のこらず間引きされました。しかし十三人目に生まれた赤子が男の子でしたから育てられることになり、旱魃《かんばつ》に襲われて飢饉に見舞われたら、いの一番に捨てるという意味で、古刹の恩恵和尚から『捨一』と名付けられました。

むろん彼には苗字などなく、三本松の捨一というのが通り名でした。捨一はわずかな粟や稗ばかりで育てられたせいか、村一番の小男で肥担桶もろくに担げず、野良仕事もままなりません。ですから終日、暗い土間の片隅で藁縄を綯うのが唯一の仕事なのでした。

くる日もくる日も捨一は、両手にツバをつけ、一心不乱に藁縄、足中、草鞋などを綯っていました。いつしか捨一の綯った縄は丈夫で長持ちするという噂が村中を駆け巡ったので、縄の類なら、正月のしめ縄までも捨一の手作りのものが増えるようになりました。

その風評を耳にした麓の名字帯刀を許された庄屋の主が捨一に釣瓶の棕櫚縄《しゅろなわ》を作らせたところ、上下運動が軽やかになり、おまけに涸れかかった井戸水までもが、たっぷりと潤うようになった、と喜んだそうです。この評判が麓の村々を一巡するころには、近隣農家の井戸の釣瓶の棕櫚縄の大方は、捨一の綯ったものになっていました。ですから捨一の稼ぎもだいぶ生計に役立つようになりだしたのです。

ある昼下がり、三本松の捨一は、代官所の白州に呼ばれていました。大男で赤銅色の顔の代官から、「捨一、そちの作る藁縄などは丈夫で評判が良いと聞くが、それはどうしてか」と訊かれました。

捨一はちょっと考えてから、

「ワラナワはワラをよくタタいてしめり気をくれてやり、このリョウテとアシとで、ツルベナワならハシラにからませてコネボウでこうしてコシを入れて」

「ほほー、からだに似合わず大きな両手だのー」

「へい、とりえはこのふたつのテだけです。でもコエタゴもかつげぬゴクツブシでござりやす」

「ほー、穀潰しか？　ところで捨一、お前、いくつになるか」

「ものごころついてから、カミダナのシメナワを十カイほどつくりかえましたから、十五になるかと、……」

「捨一、お前の歳は十七だ。よく憶えておけ」

代官さまは言い、側近の役人に目配せをしました。

それは、和紙のきれはしで捨一と小役人に紙縒《こより》を作らせ、その強さを競わせることでした。強力で名高い代官さまが、紙縒の両端を持って引っぱると、じきに切れてしまったのは役人が縒ったもので、捨一の紙縒は一本の白い鉄線のごとく、びくともしません。こんどは代官さまが捨一の紙縒の中ほどをぺろぺろと舌で湿り気を含ませてから、ふたたび強度をためしましたが、捨縒の紙縒りは切れませんでした。

「捨一、お前を古文書係りの助っ人として雇ってやろう」

代官さまが言いました。

口減らしで親孝行ができるとおもった捨一は、

「ありがたいことでごんす」

と白州にひれ伏しました。


その日その時から、代官所の書庫蔵いっぱいに積み上げられた古文書、公文書、裁判記録書、年貢米の徴収配録帖などを綴じた紙縒のすべてを、捨一の縒った新しい紙縒に取り替える作業がはじまりました。しかし農民たちの水争いの民事事件や殺人や強盗の刑事事件などの裁判記録書類などがつぎつぎに増えます。ですから、捨一ひとりではいつまで経っても紙縒交換作業は終わりそうにありません。そのうえ、小男の捨一が三本松の山里からふた山越えて代官所まで通うには、たいそうな時間がかかりますから、なおさらのことです。そこで代官さまは大きな書庫蔵のなかの片側に半畳の捨一用の寝床を設けてやり、食事は牢の番人に運ばせることにしました。ですから捨一が蔵から外に出るのは、代官所内の厠を使う時ぐらいになりました。

捨一の貰うわずかなお手当てから部屋代と食事代とが差っ引かれますから、手拭一本買う金も残りません。しかし捨一は愚痴をこぼしませんでした。生れてから風呂になど一度も浸かったことはないし、寒中でさえも井戸端で水を被るだけでした。こうしてなりふりかまわず働く捨一は、日ごとに世事に疎くなりました。

ある夜、だいぶ前に自分の手で縒った三本松の生家の井戸の釣瓶の綱が切れた夢をみて驚き、捨一は飛び起きました。側の松虫の鳴き声を耳にしていたら、年老いた両親のことが気にかかってなりません。

翌朝、捨一が書庫蔵を出て厠で用をたしていると、杉板一枚隔てた反対側で若い二人の小役人が放尿しながら話合いをはじめました。

「三年つづきのひどい旱魃《かんばつ》だのー」

「三本松の里山の村民らはひとり残らず餓死したそうだな」

「皮肉な運命よなー。紙縒係りの捨一だけが生き残ったとは？」

「そうそう、二年前にもなるが、捨一の名付け親の恩恵和尚が杖を曳いて村の年貢米の繰り延べの件で直訴に見えたが、代官さまは会わぬどころか、『坊主の直訴など聞く耳は持たぬ』と一喝して捨一に会わせもせず、『叩きだせ』と側人に言い放ったそうな。その声を耳にした和尚は、ほどなく白州で息絶えてしまった。それで、上役が代官さまに亡骸の始末を訊ねたら、『坊主の死体は深夜、こっそりと街道に打っちゃってしまえ！　そうすりゃ、ただの行倒れよ』と嘯《うそぶ》いたそうだ。お、おー、鼻がまがりそうだ。そこにおるのは誰か」

小役人が誰何しました。また、高音が聞えました。捨一がイタチをしのぐ屁を放ち、誰何に応えた音です。放屁でしか憂さ晴らしができない我が身が、捨一にはなんとも悲しくてなりませんでした。

五　瓜二つの顔

　広大な駒沢公園内で、ぼくがいつもより遅いウォーキングをしていると、ブタ公園という地点近くで乳母車を押してくる小太りのカジュアル姿の中年女性と、和服で細身の高年女性の二人づれとすれ違ったとき、ぼくは、「あっ、世部善人局長じゃありませんか」と呼び止められた。

「局長、お元気そうですね。毎朝出版社を退職なさったのはおいくつでした？」

と小太りの女性が口ばやに言い、ぼくを見詰めた。

「五十ちょうどだ。この近くに引っ越してから二十五年にもなる」

「じゃ、いま七十五？　そうは誰も見ませんわ。うーん、六十代に」

「見えるかね。そう、それは嬉しいね。いまは、自営の印刷工場も清算して、年金生活でのんびりやっているよ。たぶんそのせいで若くみられるのかも？」（たしかこの女性は出版社の広報部にいた女性だったが、名前がでてこない?)。

「お忘れですね、そのお顔は。……私、徳山です」

「そう。徳山順子君だったか。……この赤ちゃん、君の?」

「はい。男の子よ」

と嬉しそうに言った。

「確か、君は独身主義者だったはずだが……結婚はいつ?」

「結婚はしておりません。この子は私生児です」

とはっきり言った。

「そ、そうですか」

ぼくは驚きを飲みほした。

「この子の出産後、出産休暇と有給休暇を目一杯消化して、しばらくしてから出版社を退社、というよりもマタハラで、ひどいイジメに遭って、退職させられたわ」

「もったいない。会社にとことん居座ってやればよかったのに」

「よく言いますわね。当時、局長だったあなたと威張り虫の副社長との間に何があったか知りませんが、初代の広報部長から編集局次長、四十代後半で編集局長になられてから、二年足らずでさっさとお辞めになって、自己資本の印刷会社の社長の椅子に収まるなんてずるいわよ。……お母さん、この方、昔お世話になった世部局長さんよ」

と徳山君は連れの五十がらみの女性に言った。

「順子の母の節子です。お噂はかねがね順子からうかがっております。今後とも娘の順子をよろしくお願いします」

と一礼したが、疲れた顔に浮かべた笑みは、引きつっていた。

「こちらこそ」

とぼくは軽い会釈を返した。

「母さん、この子と先に行っていて！」

徳山順子は命令調に言った。母親は少し右足を引きずりながら乳母車を押して行った。

「わたくし、人事局の奴らに、ことさら武田部長に痛めつけられましたわ」

「そう、あの冷血動物に、か。へー、武田の奴も部長になれたのか」

とぼくは当時をおもい返した。

「結婚もしないで、いつまでそんなドデカイ腹を抱えて出社してくるのかね。とっとと退社しなさい！　変な噂で社内もざわついているし、君を孕ました男が誰か、などと言う賭け事まで社内で流行っている始末だって、この私を責めるのよ。私、クソ意地で出産ぎりぎりまで出社してやりましたわ」

徳山は口惜しそうな表情をした。

「そ、そう、ですか……」

ぼくは言葉に詰まった。不意に毎朝社内の女誑しの連中の顔が、つぎつぎと私の脳裡に浮び、「ヘソ下三寸人格なし」と豪語していた保井副社長の顔がはっきりと浮かんだ。

「……出産後に出社してみましたら、広報部には私の座る席はありませんでした。人事部長に問い質したら関連小会社の窓際族に左遷されておりましたわ。そしてそこで、こんどは毎日、パワハラやセクハラをうけましたの。それが退社した直接の原因です。では、また」

と涙眼で語り、徳山君は小走りに乳母車を追いかけて行った。

一年後、ウォーキング中のぼくはブタ公園手前のリス公園前で、徳山君の母親・節子さんの押す乳母車に再び出逢った。

「徳山さん、今日はお一人で？　順子さんは？」

「死にました。乳癌で」

ぼくはショックで軽い目まいをおぼえた。

「……世部局長さん、この子を抱いてやって下さいますか」

「お名前は？」

ぼくは訊いた。

「福丸、幸福の福という字に、日の丸の丸ですの。順子がこの福丸という名でないと絶対にダメだって言い張るものですから。ほれほれ、この方は偉いエライお人なのでちゅよ」

福丸ちゃんを慣れない手つきで抱かされたぼくは、幼児の顔を見て全身に鳥肌が立った。

すぐに幼児を節子さんに押し返した。

「誰か、顔の似ている人を想いだしましたのね？　ね、ね、その方の氏名を教えてください。この通りです」

と一度頭を下げてから、もとに戻した節子さんの顔には疑念の眼が鋭くぼくを睨んでいる。

「えー、誰だったけ？」（色黒い肌、二重目蓋、左小鼻の黒子が、あの下衆な保井福丸副社長の顔と瓜二つだ。幼児だから顔が小さいけれども）。

「世部さん、毎日、娘順子に口酸っぱくDNA鑑定をやって裁判所で白黒つけなさいって言ったのに、順子は逝ってしまいました。こんどはこのわたくしが決着をつけてやる番です。福丸が私生児のままでは、このババは死んでも死にきれません」

「あッ、そうだ。この福丸ちゃんはぼくの従弟の長男と瓜二つです」

と嘘を吐いた。（もうこれ以上、この幼児に拘って平穏な自分の年金生活を荒らされたくないからだ）。

ぼくは乳母車を振り切って速足で逃げた。背後で火のついたように福丸ちゃんが大声で泣くのが聞こえた。ぼくは全力で逃げつづけた。福丸ちゃんの泣き声が迫ってきて、ぼくの背中にぴったりと張りついたまま泣きつづけている。帰宅してすぐにシャワーを浴びた。

しかし、ぼくの背中にはりついた泣き声はいつまでも取れなかった。

六　竜笛の叫び

　官掌の世部青年は、目を閉じて空想に耽っていた……神話が生まれるはるか昔、白神山地のブナの原生林の森林のなかで、あろうことか、二頭の恐竜が木陰に並んで昼寝をしていたら、山が鳴動した。

「えええっ！　このゆれは、なんだ！」

と二足歩行で植物食の長脚類・フクイサウルスが怯えた声でがなりたてた。

「おお、これは大きなゆれだな！　ユーラシアプレートがフィリピン海プレートと鬩《せめ》ぎあって動いたのだろうか？」

と肉食・獣脚類のフクイラプルトが言うと、

「うーん、それもあるが、北米プレートも強く関連しているし、太平洋プレートだって無関係ではなかろう」

とフクイサウルスがつけ加えた。

この二頭の先祖は、食いものは異なるが、いずれも五メートル前後の体長で昔、森羅万象の言霊の霊威を浴びて現れた神国最大の二十メートル超の丹波竜の仲裁を聞き入れて、恐竜の祖先たちが共食いする肉食から植物食に切りかえたから、みにくい争いごとが治まった、ということにしたらどうだろう……世部は空想を広げていった。しかし縄文、弥生時代も過ぎ、民俗学や神話学を嘲笑うごとく、産業革命がイギリスに起き、欧州諸国や世界中に拡がると、第一次世界大戦が勃発し、第二次世界大戦を経て、太平洋戦争が起こり、一九四五年八月広島に原爆を投下されて日本国は降伏した。しかし一九五六年に早くも原子力施設を東海村本部に発足させると、呪術や祭祀を嘲笑うごとく神国の神話を崩壊させ、原子力ムラの者どもは安全の代名詞として原発の安全神話を創作し流布させたばかりか、あれよあれよ言う間に原発を増設し、五十四基もの原子炉で神国の日本列島をぐるり取り巻いてしまった。そのため、3・11の東日本大地震で塗炭の苦しみに襲われ、今なお死の灰に汚染された土壌袋の黒い山などの最終処分場すら決まっていない体たらくに世部は突然、為政者に憤りをおぼえた。そのとき、世部の鼓膜を娘の声が揺すった。世部青年は目を開けた。

「ヨーちゃん、待たせてごめん。……うへー、この暁天神社の見晴らし台からは下界が一望だなやし。まんるで恐竜が暴れ回って商店街やら民家を踏み潰し、ガレキの山さこせえたみていだなや。ヨーちゃん、ベンチでうたた寝なんかすんな。風邪ひくべや」

官掌の世部善人は、青袴の埃を払いながら起ち上がった。

「初めて見たみたいに言うなよ。巫女のバイトで春と秋の大祭で毎年二度も来ていたくせに」

「そりゃ、そんだけんど、婆ちゃまと両親をさらっていった大津波が憎いべさ。えーと、理佐のお店はどこだったたべか？　……あの右手のお潰れてしまった海水さ沈んでいる魚河岸があっべ、あれから、ひ、ふ、みと恐竜の背中もどきのガレキの小山さ見えるべ？」

「うん、あの中央のドデカイ、ガレキの山の真ん中の、たぶんその底の奥あたりだろうね、理佐の美容院があった場所は？」

「うんだかや、そうかもな。あのティラノサウルスに似たような腹部の奥あたりだっぺか?」

と理佐が涙のにじんだ目頭を拭き、

「ヨーちゃん、理佐はあのガレキの山をアメリカン・サウルスと呼ぶことにすっぺ。あのガレキのやつ、図抜けて大きいべ。そんでさ、白や黒のブチがあってよ。ふてぶてしかっぺ。そんで、そう感じただよ」

「そう、アメリカン・サウルスか。オレ、異論なし。中北理佐君」

「ヨーちゃんがフルネームで呼んでくれるのは久しぶりだなやし。だけんどよ、こん、ちっぽけな島国の日本がだなや、こん大震災で国土がよ、五・三メートルも東にずれちまってさ、一メートル以上も海に沈んじまったんだと、言うけんど、……、お店に神棚がなかったことと、婆ちゃまや両親さ、お死んじまったこととと」

「ない、ない、関係ない。神罰とかの意味だったら」

「ヨーちゃんは、この地にとどまって神官になるんやな?」

「神職っていう職業はね、地縁の深いこの地を離れたくても、この土地と住民との間が強い絆でしばられているからなァ」

「……運命だなや。津波で死んだ婆ちゃまもそう言ってたべ。神職は血縁による世襲が少なくないって」

「理佐は、自分のこれから先のことを心配しろよ。ＮＰＯの手引きで決った養子縁組先が、米国のケンタッキ州だと聞いて、まるで火渡り神事の鎮火式みたいで、危なくて、心配で」

「ヤバイとおもったかや？　近くに恐竜博物館があるっていうからよ、理佐決めちまったのさ。これお別れに、小学生の工作でこさえたフタバサウルスのキーホルダーだけんどよ」

「キーホルダー？　いわき市双葉層群で発見された、あれ？」

「下手くそだっぺ、靴ベラみていで。我慢してけろや」

「オレはこの電笛。日本が恋しいとき、これ吹けば元気、出るぞ」

「ひやー、御利益があるんかや。けんど理佐、なんも吹けねえ」

「息をひと吹きするだけでいいよ。淋しさなんか、吹っ飛ぶぞ」

理佐の背後で拝殿の鈴が鳴った。振り向くと、ＮＰＯの女性職員が、

「中北理佐さん、お迎えにきたわよ」

と手招きをしている。

「そこで待っていてくだんしょ。……ヨーちゃん、大震災の原発事故で死の灰を浴びた理佐だけんどよ、せめて大人になるまでは生きなきゃならん！　米国の養父母に恩返しもせんうちは、理佐、死ねねえ。観経のとき、理佐のこと祈ってくだんしょ」

「当然じゃないか。……お別れの握手だ。……冷たいね　理佐の手」

「早くしてー、理佐さん」

とＮＰＯの女性職員が叫んだ。理佐は境内を小走りに駆けて行く。世部善人は呆然と佇んでいた。

３・１１で崩れたままの八百の石段を理佐たちが、おぼつかない足取りで降りて行く。大きな余震がきた。竜笛の高音に似た悲鳴が聞こえた。世部は理佐を追った。

理佐は石段ごと滑落して、事切れていた。

七　デート売ります

駅前の小さな生花店の一人娘の山野ミドリは、大学卒業直後に交通事故で両親を失ったが、見よう見まねで身についていた経験のせいか、どうにか店を継いで切り盛りしていたら三十五歳にもなっていた。そればかりか、最近、店に来る近所の小母さんや馴染み客たちが掛けてくれる挨拶代わりの言葉が気になってならない。

これまで聞かれた「頑張り屋さんね」、「一人でエライわね」、「感心感心褒め言葉ご立派よ」などという褒め言葉がいつの間にか変わって、「お一人で寂しくない？」、「もう、そろそろね？　それともお決まり？」、「いま、婚活しないと取り返しのつかないことになるわよ」、「このごろの草食系の男性は鈍感だわね、ここにこんな素敵な花嫁候補がいるのにね」、「ミドリさん、あんた、いるんじゃない？　いい人」などと疑いの目で見るお客さんが一人や二人じゃない。お節介やら皮肉めいた言葉をうけると、（無駄口を叩くな！　とビンタでも張りたくなるが、相手はお客さんだからそれはできない）。

そうはいっても、食べたいものを食べる一人食事の気軽さ。足の向くままの一人散歩。それに、そう、目的地を決めない一人旅。まだ、あるある、唯一の店の休みの午後なんかは、縁先の日向ぼっこで柱時計の振り子の音を聞きながら、刺繍や編み物をする愉しさは、何ものにもかえがたい。これは独り者の自分が、ひとり時間を独占して好きな趣味で存分に過ごす自田さがもたらしてくれる至福のときでもあり、それを存分に味わえる自分は、つくづく幸せ者である、とミドリはおもうのだったりする。

毎朝仏壇に手を合わせてから、食卓で「いただきます」、「ごちそうさま」と言って一人で食事を済ませると……アッ、（いきなりミドリの頭に閃めいたのは、一枚の折り込みチラシだった）。ミドリが汗して古紙を入れた紙袋から投し出したチラシには、

『一期一会・心ほっこり二時間デート』

貴女のお相手はイケメン（ヤングアダルト）で、デートは二時間

厳守（時間延長不可）。ご費用はデート料金五万円（口座に前払いのこと）。

服装はカジュアル・ウエアで可。土曜日か日曜日に限定。

午前一〇時～午後六時までの間の二時間を自由に選択可。

応募資格・成人独身女性に限る。年齢不問。─述絡先幅××××。

─レンタル・イケメン社─


とあり、怪しい仕事もあるものだ。ミドリは好奇心に駆られた。

電話して分かったことは、お茶をするだけ。歩行中の腕組みは可。デート場所は都内の銀座、新宿、渋谷、池袋、上野、恵比寿、表参道などから先方が場所を指定し、そこでレンタルのイケメンと出会うという段取りだそうで、但し、喫茶代はお客さんの負担だそうだ。

ミドリは仰天した。最寄りの郵便局の窓口でイケメン社の指定口座に五万円の振り込みを済ませた自分に気づいたからだ。

二日後の朝十時、「来る土曜日の午後一時に地下鉄副都心線の明治神宮前駅の五番出口の地上で、源氏名の謙ちゃんが、謙は謙でも渡辺謙ではなく上原謙に似たイケメンがお待ちしています。なお 当日の謙ちゃんの身なりは、グレーのベレー帽、黒のブルゾン、黒のスラックスと白いマフラーで。身長183センチの中肉の男性です」との電話連絡があった。

映画好きなミドリは古本屋で手に入れた元松竹スターの上原謙の写真が載っている映画雑誌を枕元に置き、細面の謙ちゃんの顔を想い浮かべて、胸をキュンキュンさせながら眠った。

目覚めても昂奮状態はつづき、お店で、居間で、台所で羽ばたく青い鳥みたいに自分をハミング させたり、小躍りさせたりもする。

(ヤバイ、店にくる客、それも異性の客に恥じらいすら感じたりして脈拍までも乱れる。こんなドキドキ感は思春期以来だ。この興奮状態で謙ちゃんを四日間もひたすら指をくわえて待つ自信なんかない)。

あれ、イケメンの謙ちゃんは、すでに我が家に住んでいるのかも? 謙ちゃんに小言をもらう前に、居間やお店をきれいに掃除し、洗濯も食事も早々とすませ、来客への売込みもじゃんじゃんこなした。

（そうだ、一期一会の謙ちゃんに何かプレゼントしなきゃ。私は花屋だから心に残るお花を渡したい。百本のバラ、それはない。浮かれすぎだ。じゃ、自分の歳の三十五本のバラの花束ならどうかしら。いや、数じゃない。心がこもっていれば一本のバラでも。……そうはいっても活力のある、いま花瓶に生けたみたいな一本のバラをイケメンの胸元にでも挿してやりたい……）。

土曜の午後一時、ミドリは謙ちゃんと出会うとすぐにお茶をした。二人でハロッズのダージリンティーを静かに飲んだ。

「謙ちゃん、これ、亡くなった母が私の大卒祝いにくれた紅バラのコサージュよ。あげるわ」

「赤ちゃんの手みたい。革製だね？ いまつけるの、オレ、ドンビキだよ」

と恥じらい、ブルゾンのポッケにしまった。ミドリはレジで支払を済ませ、外にでてすぐに謙ちゃんの腕を捉えた。（残りは九十分。腕組みしたまま歩き回ってやるぞ）と明治通りから青山通りを見上げた。表参道は人波でどよめいていた。謙ちゃんと腕組みしたミドリは、無上の幸せを感じながら歩きつづけた。

翌日の午後、生花店に世部善人と名乗る老人が現れ、「このコサージュを明治神宮駅前の植え込みで拾ったよ。……裏に住所と名前が書いてあったからすぐにここが分かった」（えッ、それは謙ちゃんが尋ねて来られるように、昨夜、自分が書いておいたのだ。……表参道ヒルズを出て左右に別れたら、謙の奴、すぐに捨てやがったな！）、逆上したミドリは、

「このボケじじい！　余計なことを！　ワワッー」

と喚きながら植木鋏の刃を世部に向けて突進した。

八　ゴマすり常務さんたち

後期高齢者のぼくが、認知症になる前にと努力していたら稗史とも自分史ともいえる本を上梓することができた。それですぐに身内や知人たちへの献本を済ませた。しかし三ヵ月ほど経ったら、その愚書の純粋な第三者的読後感が知りたくなってきた。

その夜、夢のなかで、夢人の世部善人に、

「そんなに気になるなら、贈呈先の昔の部下にでも会って、じかに感想をきいてみたらいいよ」と勧められた。

翌日、ぼくは倉山君と植木君とをランチに誘ってみたら、二人から快諾を得た。昔の部下といっても、二人とも常務取締役で退職し、社友のぼくとは違い、客員というお偉い方たちなのだ（なかでも昭和一桁生れの倉山君とは何十年振りの会食になるだろうか？　かれからはこれまでに何度か酒席に誘われたが、いつもぼくの都合がつかず断わった記憶がある。それで今度は、こちらから誘いの電話を入れてみると、「ぜひ行きます」との返事だった)。

植木君とは年に二度ほど不規則に会って会食をしていることもあって、私は三人の会食場所を、植木君の会員でもある日比谷記者クラブ会館の最上階の「マッキンリー」で会うことに決め、時間は正午とした。

当日、倉山君はまるで菜園から駆けつけたみたいに土の匂いを漂わせた作業着風のブルゾンというダサイ身形で、植木君とぼくはネクタイに背広姿だった。ぼくが着席する際、植木から素早くテーブル下で文庫本を手渡された。その動きに倉山がちらっと鋭い視線を向けた。それが気に障ったのか、後輩の植木の前で威厳を保つために、いきなりとげとげしい毒舌をぼくたちに浴びせかけた。

ぼくはこころのなかで(無礼な奴)と笑って聞き流していた。注文した三皿のサーモンとジョッキ・ビール三つが運ばれてきた。乾杯を済ませると、すぐにカレーライスが三つ、テーブルに並べられた。三人は黙々と食べた。いつしかぼくら三人は重い沈黙に包まれていた。まるで鍾乳洞のなかにいるような不快な冷たさに取り巻かれた。

今日のぼくは聞き役に徹するつもりで家を出たから、自分の発言は努めて控えていた。重い沈黙は続いた。ぼくは息苦しくなったので、「階下のラウンジでお茶でも飲もうよ」と二人を促した。

ぼくら三人は空いている応接セットに座り、抹茶アイスを三つ注文した。誰からも発言はなく、沈黙がまたつづいた。不意に倉山が、

「先輩は社長や副社長と一番上手くいっていたじゃないですか。それが、なぜ？ 驚きました。なあ植木君」

と言って植木の顔をみた。

「その点については、わたしもショックでした」

植木が答えた。

「……（その理由はこれまでのぼくの愚書に詳記してある）」

再び重い沈黙が始まった。……ついに痺れをきらしたぼくは、

「いま現在、放送局の専務が、編成、制作、ドラマ制作室、報道、スポーツなど内田君が社内の五局も担務している。多すぎやしないかね」

と口火を切ってみた。

「先輩、彼はゴマをすって画策するような奴じゃないですよ」植木がいった。

「……（おい、そんな低次元な返事を聞きたい訳じゃない！　聖徳太子じゃあるまいし、能力的にも体力的にもそれを熟すほどの超人なんかどこにもいやしないさ。映像制作現場の領域はすべて彼一人に任せるという新聞本社から天下る社長や幹部の新体制そのものを問題にしているのだ。ぼくが退社してから優に三十年以上経っている。だが未だに人材不足が解消されていない。ローカル局やUHF局ならいざしらず、まがりなりにも在京民放五社の一つで、VHFのキー・ステーションでもある。こんな超人的専務の独裁体制は噴飯ものでしかなかろう。つまり資本家は映像のことは何も解っていないし、勉強しようともしないのだから情けない。キー局としての体をなしていない、という意味でぼくはあえて問題提起をしたのだ！）」ぼくは、そうおもった。

また重い沈黙に襲われているので、ぼくは「停年退職した一介の社員である佐々山君を顧問待遇にまでさせて、ドラマ制作室の総合プロデューサーとして今なお重用していて、三十五年間にもなる。長すぎないか？」と質してみた。

「適任者がいないから仕方がないですよ」と倉山が投げやりにいった。

ぼくは驚き、

「君は映画部長としてテレビ画面に顔出しまでして、洋画の解説なんかよくやれたな？君は確か大学は経済学部出では？（お前らが育てようとしなかったし、その能力がなかったからこんなバカげたことがつづいているのだ。……ぼくが三十五年前、五十で退社してから設立したプロダクションで五本ほど、六十分の短編サスペンス・ドラマを受注して制作したことがある。そのときの局側のＣＰ（チーフ・プロデューサー）が佐藤君だったから、かれこれ三十五年以上もドラマ制作室の最高責任者の座に君臨したままでいる。ところが『テレビ視聴率ＴＯＰ２０関東』入りしたことがドラマでは一度もない。と言うことは、佐藤が無能だからと言えよう。能吏でソフトな人柄だけで、Ｐとしての創造力も閃きもない。

高額なゼニをドブに捨てて省みない無責任なPともいえよう。そうだ、倉山がぼくの部下だったころ〈自閉症〉とかいう独りよがりの訳のわからぬドキュメンタリーと称する代物を見せつけられ、あまりの無能さに驚いたことがあった)」ぼくはおもった。

「先輩、社長から言われりゃ、仕方がないですよ」

「……(典型的なゴマすりだ。殉死も辞さぬ男か、こいつは?)」

短い沈黙が破られ、側で倉山と植木の口論が始まった。

「あんたのゴマすりはひどかったぞ!」と鋭い声が飛んだ。

「なに? 自分だって!」と植木の口調が倉山を刺した。突然、倉山は席をけって立ち上がり、

「自宅が日吉で遠いから」と右手を振ってエレベーターの方へ向かった。一言の断りもなく、遠ざかる野卑な倉山の猫背に侮蔑の視線を送っていたぼくは、なんとも虚しかった。

九　小心な営業局長

社内のトイレからもどると、営業局次長席のぼくの電話が鳴っていた。出てみると社長からだった。

社長「世部君かね？　今夜の君のスケジュールは？」

ぼく「仕事を終えたら、帰宅するつもりです」

社長「だったら、わたしと付き合ってくれんかね」

ぼく「はい、喜んでお供いたします」

社長「営業局長も誘いたかったが、あいにく大阪支社へ出張なのだってね」

ぼく「はい、売上げ目標達成にもうひと息なので、支社の職員たちに喝を入れに出張しました。明朝は出社しますが」

社長「そう、だったら今夜は君と二人でとことん飲むか。地下の駐車場で先に車に乗っていてくれ。わたしは社の玄関前で乗るから」

と言うと、電話を切った。

社長の専用車でぼくたちは、高田馬場の赤提灯を皮切りに、渋谷の場末の居酒屋、六本木や新橋のメンバー制のクラブや神楽坂のカウンターなどを梯子酒で巡り、打止めは銀座の高級クラブだった。

今夜の社長は、ぼくに胸襟を開いて大先輩として接してくれ、大いに飲み、食い、腹を抱えて笑い、偉ぶるところがなかった。

この梯子酒には社長の下積み時代からの長い間、不義理の精算という意味合いが込められているようだった。店主や女将への挨拶や短い会話からそれが読み取れた。いつの間にか酒の勢いもあってか、ぼくの好奇心の虫が社長への質疑応答形式になっていた。

ぼく「伝聞で恐縮ですが、本社編集局の経済関連の特ダネ記事は、経済記者仲間でも群を抜いていて正確だったそうですね、社長は」

社長「会社合併や倒産などの経済記事の特ダネの出所はだな、大蔵や通産の官僚よりも、都内にある地方銀行の企画部の幹部や融資課長のほうが情報は早かったよ」
と昔を懐かしむ口調だった。
ぼく「ご尊父はどんな方でしたか」
とビールを注ぎながら尋ねた。
社長「親父はね、潜水艦の艦長でね、数人の芸者を自宅につれてきては酒を酌み交わす豪快な男だった」
ぼく「子供のころの社長の教育については、どうでしたか」
社長「第一志望の東大に滑ってね。一浪していたら、親父は一言いっただけだった。東大ばかりが大学じゃないぞって」
慶應の経済学部に進路変更した理由はこれか、とぼくは納得した。
ぼく「社長、私は酒が弱いからペースを落とします」
社長「世部君、いま、愉快な話を想いだしたよ。向島の場末の酒場だったよ。カウンターだったがね、関取りみたいなならず者にからまれてね。どっちが酒豪かを競い合うことになってね、日本酒をコップで交互に飲み物していたら、いきなりドスンと大きな音がして、わたしの視界から巨体が消えてしまったのだ。ビックリしたね。ふと見ると、床に崩れ落ちていたよ。見かけ倒しのならず者だったようだな。……ここらで河岸をかえるかね」と社長は立ち上がった。ぼくは社長に従った。

二人が居酒屋のテーブルに着くと、社長は「駒込に住んでいた時代は、ワイフの奴も苦労しただろうな」とぽつんと呟いた。そして「老母が長生きだったからね……」と付け加えた。

ぼく「社長は恋愛結婚ですか」と率直に訊いてみた。

社長「いや、わたしが経部記者時代は、ワイフは大手商社の受付嬢だったのだ。よく気が利く奴でね。わたしが猛烈にアタックしてワイフにしたのだよ。ああ、そうそう、これは誤解しないで欲しいという意味で言っておくが、今の営業局長のことだが、記者時代にかれには歴とした仲人がいたが、結婚式が迫ったころにその仲人が大病に罹ってね、それでかれに懇願されて、当時上司だったわたしがにわか仲人をやるハメになってしまったのだ。

元来、わたしは仲人なんか金輪際やらない主義でいたのだが、そんな訳でこれ一回は例外だったのだ。社内で変な噂が立っていなければよいが、世部君、かれの名誉のために言っておくよ」

新聞社から資本を背負ってテレビ局に天下ってきた社長も営業局長もぼくら原住民とは、心底から通じ合うことはできないようだ。これは宿命だとおもう。だから天下りの資本家社長へは上手にゴマ擂りをしない限り原住民のぼくらの昇進は難しいのだ。

ぼくが帰宅したのは午前三時に近かった。とはいえ、翌午前八時に私は出社した。営業局の出勤時間は八時が慣例になっていて、社長も局長も出社していた。三十分ほどすると大阪支社の報告を済ませたらしく自席に戻った営業局長の機嫌がすこぶる悪い。ぼくに当り散らすのだ。

局長「世部君、君は私に報告すべきことがあるのではないかね」

ぼく「局長の留守中、ご報告するほどの案件はありませんでした」

局長「よく考え給え、君は俺に報告すべきことがあるはずだ」

と机を叩いて席を立ってしまった。ぼくは在席のまま昨日一日をつぶさに考え直してみた。提供スポンサーの脱落も、新規大口の取り込みもないことを再確認した。ぼくは尿意を催し、トイレに行った。社長が入ってきて二人の連れ小便になった。社長は周りを見回し誰もいないのを確かめると、

「世部君、今さっき、支社の現況説明を局長から受けた際、昨夜の君との梯子酒のことを伝えておいたよ。何かあってからではまずいからね」

ぼくは「わかりました」と答え、自席に戻った。隣席の局長がこのぼくをまだチラチラと見て気にしている。ぼくは局長席の前に立った。

ぼく「昨夜、社長のお供をして酒を振舞ってもらいました」

局長「それ、朝、いの一番に聞きたかったね。以後、注意し給え！」

ぼく「はい（こいつ、これほど穴のあなが小さいとは思わなかった）」

一〇　七つ黒子の爆乳ギャル

月影さやかな八雲町の葉桜並木の緑道をしばらくすすむと、脇道の角にたたずんでいる黒い作務衣姿の世部善人が手招きをしている。ぼくは彼の手に引きよせられて行った。

「麿、今夜のストリップをご覧になれば、おそらく十年は寿命がのびますよ」と世部はニタッとして、「わっちは役者さんと打合せがありますから先に参ります。この路地の突き当たった左手の二階家です。玄関扉を静かに開けて、上がり框でお待ちください。真っ暗ですが、気にしないでください」とみだらな目で私を覗きこむと、小走りに路地の奥へ去って行った。

世部の言葉どおりに、私が暗闇の玄関内に立っていると、ほどなく揺れる灯りが近づいて来た。燭台を手にした世部だった。

「麿、廊下を挟んで左右にそれぞれ十畳ほどの部屋が三つありまして」と世部がわたしの耳にささやきながら一番奥の右の部屋へ誘った。妖しく揺れる火影のなかで、世部は手際よく燭台を両袖机の上に置き、平積みされているぶ厚い書籍の山を音もさせずにすべらせた。すると白い壁に貼られた太い褐色のガムテープが二列現れた。それを世部が剥がしながら、「こうすると隣室がこの穴から覗けます」と義歯の匂いのする声をひそめて言った。

　壁には拳大《こぶしだい》の覗き穴が穿たれていた。

「麿、バリラックスの眼鏡をよく拭いておいてくださいね。この回転椅子に座ると楽な姿勢でご覧になれますよ。ショーを演じる役者さんはギャルがいいですか、それとも年増が」

「ほー、選択できるのかね」

「はい、二択ですが」

「君、年増はご免だよ。ギャルにするよ。美人かね?」

「麿も野暮なことを聞きますね。キュートでコケティッシュなギャルですよ」

「パイパンは駄目だぞ」

「はいはい、ふさふさな黒色デルタですよ。麿、喉が渇きましたら、この小型冷蔵庫に精力ドリンク剤が入っていますからご自由にどうぞ」

と世部が去ろうとするのを、ぼくは引きとめた。

「その燭台はそのまま置いていってくれよ。頼りない明かりだが、ないよりましだ」

「はいはい、では」

と世部は闇に消えた。

ぼくは冷蔵庫から精力剤のドリンクの小瓶を一本取り出して飲み乾し、頼りない火影のなかで壁に掛けられてある歌麿の美人画を観ていた。不意に背後が明るくなった。覗き穴から明かりが差し込んでいる。覗いて見ると時代劇でよく見かける太いハゼ蝋燭《ろうそく》が、入口脇の仙台箪笥の上に二本、沈頭台の上に一本、ダブルベッドのそばの南京椅子の上に一本、計四本の火影がそれぞれ妖しく揺れている。

静寂のなかでカチャっとドアの開く金属音が冴えた。世部らしい顔面網目の黒頭巾を被った黒衣が入室し暗い隅に立ち、「心にくきほどなる火影のなか、うらわかき乙女、雪国生れの爆乳、北斗ギャルのご登場です」と告げると、一糸纏わぬ雪肌の若きのびやかな乙女がしずしずと現れ、ぼくの目の前に来て開脚し、あらんかぎりに身を背後へ反らした。ぼくの目は妖しく火影がまたたくなかで、黒く艶光りする恥毛を捉えている。二度三度と乙女が身を反らすたびに、開脚を広くしてゆくので黒いあやめが裂けだした。ぴちぴちした雪肌が火影に燃えているようだ。「ああ、たえがたし」と切ない声を漏らし、ギャルはベッドに倒れ込んだ。白檀とハゼが入り混じった異様な香りがぼくの鼻腔をくすぐった。

「お客さん、演目は北斗七星です。この役者・北斗ちゃんの女体に秘められた七つの黒子を、とくとご覧にいれます。お客さん、落語の時蕎麦だけはご勘弁下さいよ」と黒衣の声がした。

ギャルは雪肌で爆乳だった。揺れる火影が染める白い美肌が艶めかしい。黒衣が動き、素早く全裸の娘を背後から抱き起こし、肩越しに二つの爆乳を鷲づかみにして言った。「右の乳房のこの裏に黒子が一つ。左横にもこの通り二つ目の黒子がありんす。そしてお臍のそばのここに三つ目が、更にここをこうすると」と言いつつ、乙女の股間を目いっぱい開脚させた。

「お客さん、良く見てちょうだい。ギャルのこの割れ目のこのふさふさの恥毛を分けると、ここに四つ目の黒子が」

「黒衣君、君の手が邪魔だ。どれどれ、どこ、どこに?」とぼくは、覗き穴から隣室の黒衣に声を掛けた。ふくよかに盛りあがった黒いデルタの恥毛が艶光りしている。あっ、いきなり割れた。玉門はすでに愛液に濡れていて、その愛液のなかかに桃色の若芽がのぞいている。

「助平じじい、ここはほどほどにして、視線をここ、人差し指に戻してちょうだい。この恥部の下の左内股のことここに黒子が二つで五つ目。つぎの黒子は、

「北斗ちゃん、右膝をわしの肩に掛けて、もっとお尻を持ち上げろ!」

と黒衣が鋭く言い、娘は尻を突き上げ、「ひー」とこらえていた羞恥心を喉の奥から吐きだした。

「よう、千両役者!」

ぼくは声をかけた。黒衣の男の人差し指が、

「右の臀部のここに小さいのが二つで、計七つです。黒子ショーはこれにてジ・エンドです」

「黒衣さん、肝心の蝋燭が一本消えていて、北斗ちゃんの黒子、最後の二つ、よく見えな

かったぞ、はじめからやり直せ！」

とぼくは文句を言った。

「お客さん、玉門のご開帳でご勘弁を。北斗、特出しのサービスだ」と命じた。「イー、嫌だー」

と声を発した。が、北斗ちゃんは私の方に恥部を向けると、ベッドの端に腰を据え、雪肌でのびやかな二本の脚を垂らし、背中をベッドに投げた。いま、北斗ギャルは自分の両手で恥部を開き、陰阜のつけ根まで大きく裂いたから、正門から愛液が流れ出た。北斗の右手が左の爆乳の乳首を激しく揉む。「ヒー、すぐそこにお客さんの目があるよ、ああ、嫌だ、嫌だ、ス、好きよ、好きだよ、み、見てー」

と卑猥な声が悦に転調し、とうとう悶絶した。

揺れる火影が暫くの間、全裸の北斗ギャルの雪肌をなめるように照らしていたが、黒衣の男の息がつぎつぎに吹き消すと、闇が来た。

夢から覚めたぼくは、いくらか若くなったような気がした。

二　壁ドン美人コンテスト

水平線から朝日が昇るにつれて陽光が、降りやんだ雪の広場で、眩しく跳ね回りすっかり夜が明けると、ジーパン姿で長靴を履いた若い大男と地下足袋を履いたとび職風の細身の若者とが、銀世界に現れ、十分に間隔をとって対峙し、殺気立っていた。

……二年ほど前に蔵元高卒で町役場の観光課に入所した世部善人は、名水と醸造で知られたこの蔵元町から若者たちの流出防止策を練っていた。（いまさら〔蔵ネズミのゆるキャラ〕でもあるまいと一案を没にし、とどのつまり人間は、人間にしか興味を持たない）との考えに至り、来年の成人式の日の午後の催事として、〔壁どん美人コンテスト〕という新企画を町議会に承認させることができた。地元商工会はもとより、蔵元町の銀座商店街の協力も得られ、悪質な冷やかしに終わらないためにも投票用紙は記名式を採用した。

町の人口は二万五〇〇〇人足らずだが、投票資格者は中学生以上、なお認知症の老人や施設の入所者は除外することにしたので、投票資格者数はぐーんと減った。学校の夏休み時に、ミスの美人名とその推薦者名の記入は必須条件であることと、締め切りは十二月の仕事納めの二十五日と決め、その旨を町役場の掲示板で告知した。

この企画の発案者の世部善人は来年二十歳になる青年だが、町役場に就職するとほぼ同時に両親が蒸発してしまい、二年ほどの間一人暮らしの辛苦を舐めていたから、この〈壁ドン美人〉コンテストの企画には、一ときも早く自分の嫁探しにつなげたいという不純な動機が秘められてもいた。筆おろしはおろか異性とのキス経験もない世部は、前まえから銀座商店街にある高峰眼鏡店の一人娘の県立高校三年生の清枝に好意を寄せていた。清枝の実母は、実父の認知症の徘徊癖を苦にして家出したままで九ヵ月余も安否確認はとれていなかったし、実父の行方も知れず、店は赤字経営がつづいているらしい。そんな事情もあって世部の興味は一入《ひとしお》だった。

日曜日の午後、サングラスを買う口実で店番をしていた清枝に近づき、あれこれと品選びをしてもらったとき、一七〇弱の自分の身長より少し低めの小川清枝は、巨乳、色白、片笑窪、含み笑いにくりくり目のメッチャ理想のギャルだ、と細かく観察ができ、世部は惚れ直してしまった。

やがて〈壁ドン美人〉の候補数名が町内で評判になり、軒端の風鈴がかしましく鳴る時分には噂が噂を呼び、美人ギャルの名が町中に複数飛び交い、駅前広場の盆踊りの唄声も若い男女たちの恋を煽る。ひぐらしが鳴くころの緑陰のベンチでは手を握り合ったシニア男女の逢引さえ見かけたりもするようになった。

〈壁どん美人〉の選出名に躍起になった町立の中学生や小学校の高学年の児童までもが、校舎や廊下の壁や、黒板を背にしての壁ドン遊びが流行りだした。交尾中の二匹の赤トンボが飛び回るころには、清枝との紅葉狩りの夢さえ世部は見るようになり、いても立ってもいられなくなった。動向調査の名目で初霜を踏んで隣町まで足をのばし、県立高校の校庭で三年生の清枝がサッカー練習で、ゴールに蹴りこむ場面を藪柑子《やぶこうじ》ごしに眺めて、彼女の日焼けした脛のバネに驚き、役場のデスクに急ぎ戻ったりもした。木枯らしが吹き荒れ、仕事を終えた世部は週一に通って二年になる空手道場へ向かいながら嘆いた。〈役場の入口脇に設置したコンテストの投票箱に町民が集まるどころか、投票する人を見かけたことがない。この新企画は失敗だ）と。

早くも師走の二十日の開票当日の夜がきた。投票箱を開けてみると氏名欄には、清枝の巨大パイオツを吸わせろ！　清枝とアレしたい、などドン引きする無効票ばかりで、オスプレイ反対、横田と厚木の基地を返せ、などと書かれた投票用紙が目を引いた。

とは言え高峰清枝と書いた有効投票が二票あった。それは企画者の世部善人と銀座商店街の寿司屋の倅・豪力鉱太だった。鉱太は大都市大学二年の相撲部の現役選手だった。

年明け早々、世部は町長室で、高峰清枝を〔壁ドン・ミス蔵元銀座〕当選者として町長から当選賞状と、オリンピック並みの大ぶりの金メダルを贈呈させることができ、安堵することができた。

その夜、世部と豪力とのいずれが、壁ドンして愛の告白をする権利を得るか、話し合いがつづいたが、結論が出ぬまま、閉店後の寿司屋に清枝を呼んで、意見を訊いた。清枝の「そうね、成人式の翌早朝にあんたら二人でガチンコ勝負をしなよ。その勝者がこのキヨを壁ドンする権利を持つ、どう?」この一言が決着をつけた。

……対峙する巨漢の鉱太と細身の善人の殺気みなぎる空間の中央に立った清枝は、フード付のムートンの防寒コートとシルクのスカーフ、コールテンのスカート、革製の長いブーツを穿いた旅姿だった。清枝が、「ガチンコ勝負、開始!」と甲高い声を放った。二人の青年が前進、後退を繰り返すたびに、足元の雪が舞い、陽光が煌めいた。不意に清枝の巨乳の谷間の金メダルが光り、豪力鉱太の眼を射った。それと同時に、世部の右足の地下足袋が鉱太の顔をしたたかに蹴り上げた。血が飛び、長靴の巨体が仰向けにどすんと倒れ、雪が舞い上がった。鼻は折れて陥没し、あたりの雪を鮮血が染めた。棒立ちの世部を尻目に清枝はてきぱきとスカーフを裂き、血止めの応急処置を施し、救急車をケイタイで呼んだ。

「おい、世部! 早くそこの酒蔵の白盤でキヨを壁ドンしなよ」

清枝が白い漆喰塀《しっくいべい》に世部善人の手を引いて行き、逆壁ドンの態勢になった。清枝の巨乳が善人を壁に押しつけた。舌を絡めた清枝のキスで世部の全身はしびれた。

「ロスト・バージンでよけりゃ、善人、チャージした男性エキスをキヨのなかに出してもいいぞ？　それとも尺八がお望み？　……グズ！　キヨはこれから高飛びだー」

と吐き捨てて駆け去った。

救急車のサイレンが唸りを発して近づいてくる。

二　散骨葬

「おーい、美紀。これだ、これだ」

男性の呼ぶ声が聞かれた。

「そんな大声を出さなくても、まだ耳は聞こえますよ」

世部善人青物店の店番をしていた妻の美紀が、リビングの応接椅子に腰を下ろしている夫の善人の前に座った。

「いつまでもあのままにして置く訳にはいかんだろう?」

と善人が、衣装箪笥の上の骨壷に視線を送った。

「そうね、もう三ヵ月になるかしら?」

美紀が答えた。

「おいおい、いまは八月下旬だ、もう四ヵ月にもなるよ。美紀、これにしようか。このB

のプライベート・プランに」

新聞の折込みチラシを善人は、美紀に見せた。

「Dってこの海洋散骨葬の十五万七五〇〇円のことよね。えーと、粉骨料込み、二名まで乗船可能。但し、他の遺族が乗船する合同葬となります、か。在りし日を遺族二人で偲ぶ葬送。それで、六名の家族乗船だと三二万五五〇〇円」

美紀が歯を出して読んだ。

「このAの散骨代行プランだと九万四五〇〇円で安いけど、死んだ息子に愛情がないみたい。そうね、……Bがいいわね」

一人息子の大学生の高志の急死に、虚を突かれた世部夫妻はたがいに涙の涸れる間もなく、失意のドン底で今日まで過ごしてきたが、跡継ぎ息子を失った落胆はあまりにも大きく、四十九日の間は休業して喪に服したものの、満中陰の法要は、仕入れや商いに追われて営めなかった。そればかりか骨を納骨する墓のないことに改めて気づき、どうしたものかと悩むばかりで、骨壷を見るたびに夫妻は死をなおざりにしているような気がして、高志の霊魂がさ迷っている夢さえみるのだった。

生前の高志は生まれつき素直で勉強も進んでやる子だったから、進学塾のお世話にもならず、なんとか東都大学経済学部に入学することができた。世部夫妻は倅が未来に輝く星のようにおもえて自ずと力が湧き、青物店の商いも精力的に取り組んでいた。ところが、世部夫婦に不意に不幸が襲った。それは高志が大学に入学してほどなく、猛者たちに誘われて山岳部に入部したことにあった。

朝食の際、生前の高志が両親に山岳部への入部報告をしたとき、

「山登りか、遭難事故に遭うからやめときな」

そんな暇があるなら店でも手伝え、と言わんばかりに父の善人が語気強く言った。

「いちいち死のリスクを恐れてドン引きしていたら何もできないよ。ぶっちゃけて言えば、山があり、リスクがあるから山頂へのクライミングだって楽しいのさ、オヤジ」

「岩場でクライミングの危険を冒してまで登頂して、どんな御利益があるのかね、高志」

善人が皮肉たっぷりに言った。

「オヤジ、まじかよ、大学のどんな部にしろ、御利益で入部する奴なんか一人もいないさ。ヨロシク」

怒った高志は立ち去ってしまった。

高志が山岳部入部して十日後、部の先輩の猛者らが催してくれた新人歓迎会で、高志ともう一人の新人の二人がイジメともいえる大ジョッキでビールの一気飲みを競わされた。やがて気絶してしまった二人の新人は、救急病院に担ぎこまれた。が、ベッドで息を吹き返したのは一人だけで、世部高志は蘇生しなかった。

初秋、快晴の大海原を六〇フィートのクルーザーが岬の沖へ突き進んでいた。世部善人夫妻ほか二組の計六名の遺族を乗せて、海洋散骨葬がはじまった。甲板には喪服正装の四人の遺族がいたが、地味な平服の世部夫婦は、船室内の白い革製の長椅子に座っていた。

天井は全面ガラス屋根で日除けの白いカーテンが引かれていた。だから清潔感と解放感に溢れている。読経は六名の遺族とも望まなかったから、洋上を突っ走るエンジン音と船底で砕け散る波の音が聞こえるだけでおもいのほか静かだった。

世部は小型録音機のイヤホーンを自分の耳にはめ、もう一つを美紀の耳につけた。

「これ、あいつの引出の中にあったよ。入部記念とラベルに書いてあった。再生スイッチを押すぞ」

高志の声が流れ始めた。

―おやじ、母さん、オレみたいなダサイ男に愛情を注いでくれてサンキュー。オレ、山も海も好きだったけれど、いままで三人揃ってどこへも行かなかったじゃん。そうだ、オレがまさかのとき、高価な戒名なんかいらないよ。オレの骨なんか山か海にでも散骨してよ。それでさ、ぶっちゃけて言うぞ、オレ結婚とかもしないゾ。女は嫌いじゃないけど、生まれるガキは好きじゃないんだよ。……オレ、店は継がないゾ。オレはね、家族とか店とかに束縛されて生きたくないんだ。いつだって自由でいたいのさ。できたら空飛ぶ鷹、それがむりなら鳶《とんび》にでもなりたいヨ。おやじも母さんも、小中のとき、オレがクラスのイジメで心が折れそうになっていたって、ただの一度も気づいてくれなかったゾ。オレが幾度も表情や態度で、ヘルプのサインを送ったのに、知らんぷりだったじゃん。オレ、生まれつき三白眼でチビだから、どれだけ苦悩したか、あんたら分かっちゃいないさ。それによ、オレ、小中時代は三白ネズミってからかわれてさ、イジメられてばかりいたんだぞ。それによ、鳶が鷹を産んだみたいにさ、高志なんて高級な名前を付けやがってサ、おやじ、おやじは父兄会も運動会にも来なかったナー

「世部さん、甲板でこれから散骨、献花、黙祷の開式ですヨー」

と司会者の大声が降ってきた。世部は再生スイッチを切り、美紀の手を取って甲板に出た。

清々しい秋空に穏やかな海が広がっている。天高く一羽の鳶が輪を描いて鳴いている。

世部善人はジーンとした。

「ヨシト、散骨ヨ。ナニシテルンダ！」

脇で美紀の尖った声が飛ぶと、

「高志、ゴメンヨー」

と美紀が号泣しはじめた。善人も呻きを漏らし、骨壺を一気に返した。突然、綿雪が降るように高志の遺骨が海底へ散ってゆく……。

青空で鳶が、ひときわ高く鳴いた。

一三　接待ゴルフの功罪

ぼくが出社すると、すぐに笹山速雄支店長から応接室に呼ばれた。

悪い予感がした。そのわけは、笹山は山川不動産の本社から派遣されている大学院卒のエリート支店長で、現場たたき上げの高卒のぼくよりも五つも年下だった。せっかちで、ゴルフ狂で、見栄っ張りなので、ぼくとは反りが合わなかったからだ。

笹山支店長は、正面上座のソファーへぼくをいざなって腰を下ろすのを見とどけると、直立したまま深々と頭を下げ、

「世部善人さん、この通りです。助けてください」

泣き声で言った。

公衆の面前ではこのぼくを「くん」呼びにし、差しで話し合うときは、「さん呼び」にするこの笹山という男は、ゲスで下劣さが透けて見えるようで、ぼくは鳥肌の立つくらい嫌

悪感を覚えてならなかった。

「一体どうしたんですか、支店長。わけを話して下さい。昨日の財界のドンとの営業ゴルフは快晴でなによりでした」

「はい、ゴルフは一打差のぼくの負けで、クライアントは大満足してくれました。ところが四人で入浴したのちの飲み会の時に、私がつい口を滑らせてしまい、例の高額物件をお勧めしましたら、『よし、わかった。笹山君も苦戦しているようだから、鎌倉の別荘は弊社の福利厚生施設として購入してやってもいいよ。総務部長、帰社したらすぐに社内手続きをはじめなさい』とお付きの部長に命じてくれたのです。そしてあわただしくクライアントのドンと総務部長のお車二台をクラブハウスの正面玄関で、私と連れの経理係長とがお見送りを済ませ、やれやれとおもったのも束の間で、『支店長、二重セールスですよ。あの鎌倉の別荘は、世部善人次長が苦労していた高額物件でしたが売買契約書の交換を先週済ませたばかりじゃないですか。近年にない高額の内金も横線小切手で当社の口座に昨日入金済みです』と係長から咎められて私は血の気が引き、眼の前が真っ暗になりました……。

不覚にも本年最高額の世部さんの功績を、私は失念しておりました。口頭とは言え、ぼくはダブル・セールスをやらかしてしまいました。済みません」

と笹山支店長は一気に吐き出した。

「支店長、そのとき経理係長はどうしていました?」

「どうしてと訊かれましても、ただ、立ったり座ったり、ビールやおつまみを運んだりして、こまごまと動きまわっておりましたが、係長が私のそばで一言注意してくれればこんな失態はなかったのですが」

「支店長、係長には責任はありませんよ。ところで営業ゴルフは少し控えられたらどうでしょうか」

ぼくは笹山支店長を諫めた。

「肝に銘じております」

と一礼して、笹山はソファーに座った。

「営業の接待ゴルフというものは、クライアントが勝ちすぎると私たちが手心を加えたといいます。クライアントが負けすぎると恥をかかせたとは口には出しませんが、はらわたは煮え繰りかえっている筈です。ですからプラス効果はあまり望めませんよ。……さあ、支店長、急いで謝罪に行かないと取り返しのつかないことになりますよ。ドンの会社の総務部長さんは切れ者です。鎌倉別荘購入の稟議書が常務会に回ったら、一巻の終りです。さあ、すぐに謝罪に行かれたらどうですか」

とぼくはうながした。

「世部さん、私には無理です。私の身代わりになって下さい」

と言い、いきなり支店長は絨毯に両手をつき、土下座して頭をさげたまま、蛙のようにへばりついて動こうとはしない。

業を煮やしたぼくは、

「支店長、経理係長と車を借りますよ。笹山さん、店次長の世部善人を御社へ詫びに行かせました、とだけ先方の部長さんに電話を入れておいてください」

と言いのこし、ぼくは急いでドンの会社へ向った。車中でぼくはガキ大将の頃を想い浮かべていた（……ガキ仲間の喧嘩に負けたぼくは、味方のガキたちにも逃げられしまい、一人とり残されていて、なんども敵の大将に頭を下げて謝っても許してもらえないので顔を両手で隠して大声でウソ泣きをしていたら、ほんもの涙が流れてきた）。

「ウソ泣きなんかするな」

と敵の大将は怒鳴り、ぼくの手を払いのけた。ぼくの頬に流れる涙を見てびっくりしたのか、

「おい、みんな、こいつ涙を流してやがる。ゆるしてやろうぜ」

と敵の大将は子分のガキたちを引きつれて勇んで去って行った。……車をドンの会社の地下駐車場に停めて、ぼくは近くの喫茶店に入り、コーヒーを三つ注文すると、係長を睨みつけて言い渡した。

「ぼくはここで待っているから総務部長を連れて来てもらいたい。『二重セールスの件で謝罪に参上いたしましたが、敷居が高くて跨《また》げません』と世部善人が申して、近くの喫茶店で待機しております、と正確に伝えるのだぞ！」

不安顔の係長が去ると、ぼくは運ばれてきた三つのコーヒーカップを、テーブルを挟ん

で三角形の頂点が総務部長の席とし、テーブルの手前の壁際の席を私、右隣が係長の席と決めて並べた。

やがて係長が総務部長を連れて現れた。ぼくは立ち上がり、

「この度は誠に申し訳ありませんでした」

と頭を下げたままでいた。

「まぁまぁ、世部次長さん、お座り下さい」

と言いながら総務部長が腰を下ろしたので、ぼくも係長もそうした。三つの冷めたコーヒーの前で、ぼくはもう一度正面の部長さんに、

「部長、この通りです」

ぼくは頭を下げつづけた。

コーヒーの中に涙が一滴落ちた。この交渉が不調に終われば支店の社員全員が減給されるかもしれない。ぼくの妻と倅の顔がコーヒーに浮ぶと、その顔をぽたぽた落ちる涙が崩した。

「世部さん、どうか頭を上げてくださいな。弊社の別荘購入の件は、白紙撤回にしますから」

と部長の言葉をはっきりとぼくは聞いた。

ぼくのコーヒーにまた一滴落ちた。嬉し涙だった。

一四　失業恐怖症

三月、風の強い日で、風は歩道の砂埃を巻き上げていた。

歩行中の彼は右目蓋に異物を受けた。手に取ると、タンポポの花びらだった。足元の街路樹の根方に咲く数輪の黄色いタンポポの花が、わたしを嘲笑っているようだった。その刹那、一陣の風が黄色いタンポポの花びらを一つ剥がし、彼の目に迫ってきた……彼は万年区役所の職員として、ただ一介の戸籍係として机にしがみ付いていたが、六十五で定年を迎えてからは五年ほど公民館の清掃員として働き続けた。

古希を迎えた年に彼は、そこも辞めさせられてしまい、無職になった。それまで彼は陳腐と言えなくもない二つの警句「食なき者は職をえらばず」と「職業に貴賤なし」の二つを胸に秘めて実直に生きてきた。何しろ彼は出生以来、病気一つしない健康体であったから、与えられた仕事と真面目に取り組んで生きてきた五〇年を振り返えってみて、彼自身が社会人として自ら目的をもって挑んだ仕事が一つもないことに気づいたのだった。彼はただ我武者羅に生きてきただけで、世のため人のために生きてきたという実感がないし、与えられた仕事ばかりであった。

そんな折、彼が何気なく広辞苑を引いてみたら、「天職」という言葉に出会った。ちなみに意味はその人の天性に最も合った職業とある。しかし天職とか聖職とかいう物言いが、現代社会では、すでに死語化してしまった感は否めない。とはいうものの、天職の意味には、遊女の階級の一つでもあり、天神の別称で太夫に次ぐものとも広辞苑には解説されてあったので、彼は天職という言葉に一層の親しみを持った。

江戸時代だったら、さしずめ花魁の耳糞とりも、爪切りや按摩も本人にとっては立派な生業であり、天職でもあったのだろう、と考えると天職という言葉の解釈もぼやけてくるような気がしなくもない。戦中の一時期、「教師も看護婦も天職である」と言われて持て囃されたものだが、近頃では小中学校の教師達が、セクハラで週刊誌や新聞沙汰になったりしているのを目にすると、正に天職、つまり遊女太夫に次ぐ階級で、エッチな職務に忠実すぎる結果ではないか、とひねくれた勘ぐりをしないではいられない。

昨今の新聞の社会面やワイドショーなどでは女子トイレの壁に盗撮カメラを仕込んだ教師達が、話題になったりして読者が悲哀を味わうのはなんとも情けないかぎりだ。これは天職という言葉が、すでに賞味期限が大幅に過ぎてしてしまって死語化しかかっている現象であろう。

さて、独身で無趣味の彼に話を戻すと、彼は無職になると、半年ほどノイローゼからくる体調不良に悩まされつづけていたが、知人から紹介された旅行会社の広告部のアルバイトに飛びつくことができた。そのせいか、彼の体調不良はどうやら治ったから不思議である。日々食えないから職に就くのではない。老後のための蓄えもあり、ほどほどの年金収入ももらえるから生活に困ることはない。だから、のんびりと好きなことをやって暮らしたらいい、と人は思うかもしれないが、彼は無趣味だから自宅でだらだら生きていると秒針の音が冴えてきて、刻一刻自分の生命が削り取られるような気持になり、居ても立っても居られなくなるのだ。そんな時の彼の癖というか、いや、特技と言うのが自問自答なのだった。

『お前は生まれついての失業恐怖症なのかも、な?』

「そうかもボランティア活動じゃ、金銭の授受が目的じゃないから、働いているといった実感が湧かないのだよ」

『そりゃそうだ、だれしも汗して働いて、なにがしかの報酬を手にしなけりゃ、働いたという実感はないからな……ところでさ、江戸時代、花魁の耳糞掻きはいくらぐらいの報酬が相場だったのだろうか』

「いきなり、江戸時代かよ……下町長屋の大工職人の日当の倍、いや月極なら三倍ぐらいにはなったかもしれんな? それに特別のご祝儀なんかももらえたかもしれないし」

『お前は、おそらく、なんというか、つまり職中毒』

「え? 食中毒?」

『食事の食ではなく、失業恐怖症という、職中毒に罹っているのかも知れないぞ』

「いやに自信たっぷりにいうな。その口ぶりは、精神科の名医フロイトみたいに自信たぷりに胸を張って断言するのだけはよしてくれよ」

いつもの自嘲の笑いが、彼の臍下丹田から湧き上がり、制止できなかった。

それから程なく、彼は知人の紹介でなんとかアルバイトに就けたのである。

数日後、彼は初めて旅行会社の宣伝部長から応接室に呼ばれ、腰を下ろすとすぐに部長は口火を切った。

「君のチラシやパンフレットのキャッチコピーは、面白くもおかしくも、なんともないね。まったくアトラクティブじゃない。これじゃ、顧客の心なんかはつかめないよ。君の仕事には、パンチも艶も……いいところが皆無だね」

「パンチ？　……つや？……と言いますと」

「それは、顧客のハートに強く訴えかけると言うパンチさ。つまり、この君のこのキャッチコピーに、パンチのある、顧客を惹きつける文言がない、と言っているのさ……つまりさ、何としてもこのバス旅行に勧誘したい、という誘いが弱いし、呼びかけも幼稚だ。これじゃバス旅行のお客さんが楽しくもないし、夢なんか膨らむ筈がないよ。こんな稚拙な惹句じゃ！　カサカサしていて、さ……正直、わが社には、君は不向きだと思うがね」

「……頑張ります。やっと少し解りかけてきたところですから、もう少し働かせて下さい。お願いします」

彼は立ちあがり、深く頭を下げた。

「無理だね。これは感性の問題だから……君が若ければ、話は別だが、いまさらどう努力しても君の年齢じゃ無理だと思うね、君には無理、無理だよ」

彼は部長に食い下がった。

「そう、決めつけないで下さい。折角、部長にお会いできたのですから、わたしに感性を磨くにはどうすればよいかを教えてください。おねがいです」

「……でも、さ、古希の男が、今にわかに性格や感性が変わるものでもあるまいし、さ……」

「ですから、この老骨に分かりやすく説明してくださいよ。いまここで、お願いです」

「……いまここで？　……いや、つまりだね、もっと山や高原の空気や、つまり自然に触れてさ、キラキラ流れるせせらぎに感動したり、ぼんやりと青空に浮かぶ浮雲を眺めてさ、頭の裡に爆乳のボインを浮かべるとか、週刊誌の袋綴じの若いギャルのヌードを見たりしてさ、それとも、街を闊歩するモデルのふくよかなお尻を想像して生唾を呑み込んだりしてさ、牧場や雪山などを想像してさ、キャチコピーを考えたりしないと、味のある上等なキャッチコピーなんか創作できないって言いたいね……つまりだなー、社報や社史を書いている訳じゃじゃないよ、君。こんな枯れた文章と言うか、魅力のない惹句を無修正で印刷所に手違いで送ったりしてさ、五万部も印刷したら、どうなると思う？　そんな失敗は許されないのだぞ、おれの首なんかすぐにすっ飛んじゃうよ。こんな中小企業の旅行代理店になんか一円たりとも損害は許されないのだぞ！　……つまりさ、きみのキャチコピーの表現は泥臭くて堅くてさ、つまり幼稚なのだよ。もしかしたら君が若くしてワイフを交通事故で亡くしたことは、君の保証人から聞き知っているがね……だからといってウイットも、温もりもないし、これじゃまるで子供新聞の見出しにもならないよ……困ったものだよ。きみの仕事ぶりを、短期間だったが十分拝見させてもらったよ、国立の最高学府出で古希の君が、今なお無趣味というのが致命傷なのかも、知れないな？　……つまり君はわが社にはまったく不向きだ。アルバイトとしても雇うわけにはいかないな。紹介者の君の知人の方には僕の方から詫びを入れておくよ……よろしく。じゃ、これで。明日から来なくていいよ」

そう告げられて、彼は再び無職になってしまった。

アルバイトにしろ、成績次第では準社員なれる会社だったし、区役所の薄暗い戸籍係から陽の当たる表参道の明るいビルに希望をもって通った数日間が彼には嘘のようにおもえた。

そればかりか知人の顔を潰してしまったから、もう後がない。そうおもうと失業恐怖症の兆候が、加えて突風が彼の歩行を困難にしはじめた。電車を乗り継ぎ、帰宅途中に駅や書店で就職情報誌を彼は買い求めた。一刻も早く、帰宅して、居間でこれら購入した資料から次の職場を探し出したい、というモチベーションが高まってくるのだった。

表現はスマートに聞こえるかもしれないが、この心理表現は、彼が正に失業恐怖症の再発に罹っていることの証しでもあった。自宅近くの路をとぼとぼと歩いていると、町内会の掲示板に画鋲止めした求人広告ビラを彼の目が捉えた。

いきなり、突風がそのビラを剥がし取り、彼の足元に落とした。慌てて拾おうとしたら、またもや突風がその求人ビラをまき上げて、一旦は路肩に着地したが、次の突風が車や自転車の通行の激しい表通りの方へ吹き飛ばしてしまった。ビラは向こうの車道の反対側の歩道まで飛んで行って路肩で蹲《うずくま》っているのがはっきりと、彼は見届けたが、「もう、求人ビラを追うのを止そう」とおもい、ふと彼が自分の足元を見たら、街路樹の根力に黄色い可憐なタンポポが嘲笑うように咲いている……その小さな花びらが、いま、彼の目を射るかのように迫って来る、また 突風が来た。彼は瞬時目を閉じ、目を開け目線を上げると遠くへ目線を送った。遥か彼方に落日に映えた山並みを望むことができた。彼は、二十年近くも住んでいる自宅アパートのこの街路樹の側で、初めて沈みゆく美しい落日の光景を眺めていた。胸の内に熱くこみ上げてくるものがあった。この夕日に映える山並みは、彼は長い区役所時代にも眺める気さえあれば、眺められた光景だったし、若くして病死した亡妻と二人で眺めたこともなかった。いきなり、涙が流れ落ちた。彼は、なぜか人生で取り返しのつかないことをしたような気になり、ことさら深く悔いた。

また突風が吹き、反対側の通りで、あの求人ビラは、いく度か舞い上がり、行き交う自動車に張り付いたまま、どこかへ攫《さら》われてしまった。目線を移動させると、いま、ちょうど太陽が山並みに隠れるところだった。ふと、彼は小学生の頃、書道の時間で書いた「日の丸」という文字を想い出したら、「あの、日の丸の文字は、確か三等賞に入賞した」ことも想い出していた。最早、彼にはビラへの未練などなかった。彼は働くのを辞める決意をしたからだ。彼は明日からシニア会の催す書道教室へ通うことにしよう、とおもった。

一五　御影石のベンチ

吾輩は御影石のベンチである。

中央公園の中央広場にある椎の大木の下に鎮座しているが、吾輩のことをエメラルド・ベンチと呼ぶご夫人が多い。それは、吾輩のまわりにある常緑樹の根力にエメラルド色の苔が生えていて、緑陰として好まれているからであろう。

さざれ石の苔の生すまでと国歌にあるように、日本人はことさら苔については尊崇の念を持っているようである。

いつ頃からったただろうか、この雰囲気と吾輩のことを総称して誰しもがエメラルド・ベンチと呼んで讃嘆してくれるようになったのは。くわえて神国・日本のおおかたの人たちは、神宿るベンチと崇めて観賞するばかりで、腰掛けようとする人は一人もいなかった。

「ベンチも椅子同様に人間さまに座ってもらうためにあるのだから、神棚のように崇めないでほしい」というのが吾輩の持論であるが、しかし期待はいつも裏切られ、まことに残念なおもいをして今日まで経ってしまっていた。

「あまり神格化したり、美化したりしないで、どんどん腰をおろして、心身を癒してほしいものだ」

吾輩は、とりわけ女性に、それも妙齢な人にそうしてもらいたい、と願うばかりであった。


第二次世界大戦が始まった。

吾輩のエメラルド・ベンチがある公園の中央広場には、突如、ドイツ製の鉄のベンチとイタリア製の大理石のベンチの二基が増えたため、日独伊三国同盟ベンチと世間に喧伝されたので、その祝賀祝いのためとかで提灯行列の出発地点としてこの中央公園に多くの日本国民が集結したりしたものだった。しかし、それからほどなく落雷をまともに食らって、あっけなく大理石ベンチは粉々に粉砕されてしまった。

戦争は日に日に熾烈をきわめたため、鬼畜米英の叫び声とともに日本国家は、国民義勇隊などの『お国のために』と言う掛け声にも煽られて、ドイツ製の鉄のベンチ初め、鉄瓶や箪笥の金属把手や鉄製の日常品などは悉く、無残にも弾丸へ作り変えられてしまった。そんな戦時下の事情で、つまり吾輩は朋友でもあった二つのベンチを失ったから、しばらくの間、悲嘆に暮れてメランコリーになっていたが、やがて日本国は敗戦を迎えることとなってしまった。

敗戦国日本は、ＧＨＱの総司令部から、国の体制の変革や国民の思想の変容を急遽迫られ、日本帝国軍隊の最高指揮権者である昭和天皇は、統帥権を失い、国政に関する権能を持たない象徴天皇に変身を余儀なくされてしまった。そればかりか神風とか軍神とかの言葉も死語になり、民主主義とかいう新しい風が日本列島の津々浦々にまで吹き荒れて軍国主義を追放してしまったから、いつの間にか日本国民そのものも、ものの見方や考え方まで変えられてしまった。この時くらい吾輩は、神国、神風、軍神、忠君愛国、滅私奉公……などというこれまで幾度となく耳にしていた言葉が、空々しく感じられたたことはなかった。

ある日、中央広場に現れた米国人のミス・ユニバースが、香水ともフェロモンともおもわれる芳香をまき散らしながら近寄って来て、いきなりふくよかでご立派なお尻を、吾輩の御影石のベンチにでんと下ろしたから吾輩は魂消た。

ミス・ユニバースのお尻は、薄物のショーツとレースの衣裳に包まれているだけだったので、あまりにも濃厚なフェロモンが直に放たれており、吾輩はすっかり酩酊状態に陥り、不覚にも暫時女色の桃源郷をさ迷ったほどであった。なにせ、外人に座られた経験ははじめてであり、それもアメリカ合衆国のミス・ユニバースという極上のヤング・ガールだったから、なんともいえない至福の時を味合わせてもらったものだ。

その後、ミス米国の濃厚なフェロモンのせいか、日ごとに吾輩の周囲のエメラルド・グリーンの苔は退色し、無残にも枯れ果ててしまった。以前は清々しかった緑陰の吾輩の周りは、椎の大樹の根方が醜く地上に露出し、枯れ葉や濡れ落ち葉が集まるようになった。以前、尊崇されていた緑陰もエメラルド・ベンチと称えられた吾輩も、犬や猫や酔っ払いらの排泄した汚物や、餓鬼どもの遊び場に成り果てて、とうとうホームレスらが屯するまでになってしまった。

とまれ、驚くことに『座りを拒む椅子』などという不可思議な物体が、洋画家の奇才・岡本太郎の手によって創作され、それを抽象芸術だなどと賛美する識者まで現れる始末で、言論の自由もすっかり定着し、民主主義国家として一応日本国も世界に認知されるまでになれたばかりか、経済大国日本として突き進んだものだった……ああ、昭和から平成の御代に移ると、吾輩も敗戦のショックからすっかり立ち直れてはいたものの、またまた遠くに軍靴の響きが聞えたりするような気配や言論に危惧を感じるようになった。杞憂に過ぎなければよいがと吾輩は常々案じているのだ。

ところで、いくら吾輩の故事来歴―「本御影石のベンチで、六甲山南麓産の淡紅色の花崗岩であるぞ！」と喚いてみても、中央公園の来訪者には、石工や庭師のように石の値踏みのできる者はいないから、吾輩の真価を理解できるものは甚だ少なく、それが残念でならないのだった。

思うに吾輩の凋落の原点は、あのアメリカ籍のミス・ユニバースにあるのは疑いがない。

そう考えれば考えるほど、「いま一度、邂逅《かいこう》して文句の一つも……」と石に立つ矢の気持でただひたすら待ち侘びるようになっていた。

区の公園課は戦前のエメラルド・ベンチと同様に、自然公園としての風致景観の維持のための条例を議会で成立させ、立入禁止区域に指定して椎の大樹のそばでエメラルド・ベンチと呼ばれていた頃のように吾輩を想い、手厚く扱ってくれもした。それはまるで、小さな宝物殿の宝物ように吾輩を安置してくれたといえば、より深く理解してもらえるだろうか……あとは、エメラルド・グリーン色の苔が根付きさえすれば、尊崇の緑陰として再び話題になることは疑いなかろう。

「待つのだ、ただ待ちつづけるのだ。苔の根付くまで、二年か、それとも五年か、腰を据えて待ちつづけるのだ」と吾輩は持久戦に徹することにした。

幸い吾輩は無生物の鉱物であるから、そうそう寿命が尽きることはない。であるから十年足らずなら苦もなく待ちつづけられるだろう。

しかし、あの米国のミス・ユニバースだって人間であるから歳を取ることだろうし、すっかり老け込んでしまっているかもしれない。知っているのは彼女がアメリカ人ということのみであって、名前も出生地も吾輩は知らない。だから捜す術もない。……といって、諦めきれるものではない……。どうしてもあのミス・ユニバースに会いたい。

（あのミスの存命中に邂逅を願うとなると、吾輩は動けないのだから、あのミス・ユニバースの方からこの場所まで来てもらうほかに手立てはない）……ここまで吾輩は考えたが、断念するするしかなかった。

しかしその後、公園課の職員たちの噂話から吾輩が知り得たことは、米国人のミス・ユニバースはシンガポールの刑務所を慰問した際、Ｂ級戦犯で処刑前の日本国陸軍の軍人と清い恋に落ち、日本国籍まで得たのだったが、恋人の元日本国軍人が処刑台で露と消えるや、世を果敢無んだ末、鎌倉のさる寺院で得度を受けて生きているらしいことを、吾輩はなんとか知り得たのだった。

ある年の暮れ、冬将軍の襲来があった。（……とこんな寒さは、吾輩は知らん！　観測以来はじめての極寒になりそうだ）。

吾輩は身震いし、極寒の風と氷雨は、稲妻を伴い中央公園をめがけて吹き荒れ、以前エメラルド・ベンチとして名を馳せた吾輩の全身に潜んでいたひび割れに氷雨が染み込み、大きな亀裂をいくつも作り、それに大量の氷雨を沁み込ませ、さらに亀裂を拡大させ続けた。その非情な繰り返しが夜通しあったから、吾輩は夜明けを待たずに座りを否定する無数の石くれに崩壊してしまった。だがしかし、幸いなことに吾輩はばらばらの石片に砕かれることなく、いくつかの石塊に割れたもののなんとか原形を維持できていたから、吾輩の意識だけは維持できた。

非情な氷雨は早朝に止んだ。

突如、曇天の中央広場の彼方の入口に、黒衣の長身の僧侶が現れた。編笠を被り、手甲脚絆に黒い法衣を纏った僧侶で、身のこなしから推察すると、吾輩はどうやら尼僧のようにおもえた。ほどなく草履を履いた泥まみれの白足袋が、近づいて来て、立ち止った。

時が流れた。

吾輩は嬉しかった。(このほのかなフェロモンの香りは……まさしくあの米国のミス・ユニバースの芳香に違いない……女性の老け込むのは早い。とりわけ更年期過ぎの女性は早いようだ。そうは言っても、この希薄なフェロモンの香りは決して忘れてはいないし、まさしく嘗てのあの米国人のミス・ユニバースのもだと吾輩は直感したし、吾輩は宿願が満たされた気がした。吹き荒れる氷雨と極寒の気象で亀裂が入り、どうにかバラバラにならず済んだ吾輩は、念願成就出来て満足であった……)。

吾輩はふと、往時の麗しい碧眼のミスの美貌の目尻に刻まれた皺を見て、口まわりの深い皺のごとく吾輩の意識に罅が入り、ばらばらに割れてゆく己を体感していた。恐らく、編笠の下は坊主頭なのだろう、ともおもった。

突然、皺だらけの口が動き、

「オ　マイゴッド！」

清げな奇声が放たれた。暫らくいくつかの吾輩の石塊とさざれ石に砕かれたベンチをつくづくと眺めてから、しんみりとした声を放った。

「ロング ロング アゴー……エメラルド・ベンチ！……色即是空、色即是空、色即是空」

と唱えてから暫らく合掌し、黒衣の長身の尼僧は、再び声を放ち、

「〽君が世はさざれ石の岩をとなりて 苔の生すまで」

ゆっくりと日本国歌を透きとおるような美声で唄いおわると、踝を返した。

法衣を纏った黒衣の長身の尼僧は、溜息を大きく一つ吐き、白い息が降りだした氷雨の中に吸い込まれてゆくように、碧眼の尼僧の姿も消えていた。

一六　庭石

溽暑《じょくしょ》の早朝。

大川順太郎の邸宅の巨大なキャンバスみたいな白砂一面の中庭に、大ぶりの庭石が屈強な二人の若い人足らに運び込まれるや、互いに侘び寂びの雅致《がち》について口論を始めた。舌戦は止むどころか、男らは端から結論を出す気などないらしく、口論そのものを楽しんでいる風でもあった。そんな光景を見るでもなく聞くでもなく、浴衣姿の七〇がらみの元経済界のドンの大川順太郎は縁側の籐椅子に座って涼んでいると、いつの間にか眠りに誘われた……夢のなかに、百科事典の写真でしか見たことのないオーストラリアのエアーズロックが、いきなり出現したので大川は驚嘆した。その巨岩は世界最大の単一岩石と言われ、周囲九キロ、高さ三〇〇余メートルにも及ぶらしく、想像を超える代物であるから、おいそれと心像なぞには浮かべられないから潔く諦めたら、つぎに現れた心像は、竜安寺の石庭に点在する大小十五の石であった……夢が破られた。「理屈だけじゃ庭師にはなれんぞ！口論は止せ！」の厳しい声とともに庭師の親方が現れたからである。

ほどなく庭師は、二人の人足らに鉄の捏ね棒と枕木を器用に使わせて、なんとか二メートルほどのアザラシ大の庭石の据付作業を終え、すぐに二人の人足らを退場させると大川ドンに視線を向け、揉み手をしながら近寄って行った。

「大川先生、この度はこの庭石をお買い上げいただき、ありがとうございました」

「町内会のゆかりもあることだし、お礼をいわれるほどのことはないよ……それよりなにより君、夏は素麺、冬は石鹸と誰が決めたのかね、親方さん。そのふた品は、他からもいただくからふえるばかりで処理できずに手を焼いているよ。いつも家内にはこぼされるし……お中元、お歳暮は年に二度のことだ。何か一工夫してさ、たまにはバカラのカットグラスとか、備前焼のぐい飲みとか、そんな気の利いたお中元とかは、お歳暮にはならんものかね、少し値は張るが……親方、どうかね？」

「は？　……」

この大川ドンの物言いに親方は絶句した。毎年、素麺と石鹸とをこのドンに贈っているのは自分自身だと改めて気付かされたからであり、慙愧《ざんき》に堪えなかった。とまれ、何とけちくさい話だろうか、この白髪の老人は元経済界のドンとして名を馳せたこともあるのだから、こんなみみちいことを口にする奴とはおもってもみなかった。『これじゃ、ドンの器量が卑しすぎるぞ?』と胸中で呆れた親方は、口にも表情にも出さずに愛想笑いをしてから、

「それでは、午後一時、このわたし一人で、ここの白砂の庭に幽玄な流れをつくらせていただき、風情のある枯れ山水もどきの庭に変えて見せますよ……そうですね、この蹲踞《つくばい》あたりまでできますかね、流れの端は?　……では、ひとまず店に戻り、昼食後、この私が再び参上致しまして創作活動に入らせていただきます。ひとまず、これで……」

と庭師は頭を下げて去って行った。

　廊下の籐椅子に座っていたドンは、ちらりと満足そうな表情をみせた。それはこれから創られるだろう枯れ山水もどきの『流れ』を瞼に浮かべたからであり、早くもなにやら雅

な風情が、さきほど庭師の指示で据え付けられた大ぶりの庭石の周囲に感じ取れたからだ……いつしかドンは再び夢をみていた。

（……この白砂庭園に流れができたら、さぞかしここからは、妙なる眺めになることだろう。日頃、経済界の後輩らが苦しんでいる省庁や総理府の高官への忖度や、嘗て自分が所属していた日本商工会議所のドンであった自分でさえも、見え見えの偏頗《へんぱ》による昇進や登用が横行したりして自分の心も折れそうになったり、国民を見ないで、首相の顔色ばかりや総理府の高官たちへの忖度ばかりする監督官庁の幹部らが、中小企業に冷たく接し、苦しめたりする罪科を見聞きするたびに、一喜一憂していた自分から解放されて、きっとすっきりと心が癒されることになることだろう）とドンが思ったら、突然、驟雨《しゅうう》が通り過ぎて、目が覚めた。

雨に濡れた大ぶりの庭石の表面には、幾筋もの流水模様を浮き上がらせていたので、髭こそないが、ゴマフアザラシが跨っているように見えた。ドンは一瞬、恐怖に慄いたような表情を見せたが、まもなく浮き上がった流水模様は直射日光に焼かれ、はかなくも湯気を立ててかき消されてしまい、早くも何の変哲もない、単なる流水模様を秘めた岩石にもどっていた。

ふたたび、ドンは白昼夢の中にいた……。

「やい！　このアザラシ模様の庭石くん、わたしたち蟻一族の出入り口を塞いでしまったわね！　わたしたちを皆殺しにする気だね」

といつの間にか、大きなアザラシ風のストンの右側の頭とおぼしき部分に現れた翅のある女王蟻が、大きな庭石に食ってかかった。

「おお、それはお門違いだ。俺はただの石にすぎないし、そんな意志なんて端からもってもいないし、この場所を指定したのは、造園店の庭師だし、それに同意したのはここの大川ドンなのだから、文句があるならそっちらへ言ってくれよ……この俺はただ正丸峠で何千年か、何万年か知らないが、時間の堆積と風化によって現形の岩石として静かに存在していただけなのに、そう、十年ほど前に石屋に買い取られて、すぐにまたこの町の造園業者に売られて一昨日まで露天の石置き場に晒されたままだったのだ。それでよ、この俺はここの大川ドンにぞっこん惚れ込まれさ、たったの十万円ぽっきりで、俺の意志なんか無視して買い取られてしまったのだ。これほど屈辱的なことがあるかよ、女王蟻さん……俺は高いの、安いのと金銭のことを言っているのではないぞ。値付けした行為自体が、しかも専門ぶった造園師とかいう輩から、選りによって経済界で、セコさ随一という名高い大川ドンのこの旦那に買い取られてしまったってわけさ。だが、その商行為そのものが、石貨の取引みたいに俺の矜持を著しく傷つけやがってよ、俺、悲しくて、悲しくて……」

この石の嘆きを聞いた女王蟻は、

「わたしは、あんたの愚痴なんか聞いている暇なんかないわ。なんとしても地下の巣に住む蟻一族を救わなければ！」

と叫び、女王蟻は飛び去り、再び現れたところは、籐椅子座っていた大川ドンの襟元だった。

女王蟻はこう訴えた。

「……大川ドンさん、わたしたち蟻一族の出入り口をさっき庭石が塞いでしまったのよ。

これは、私たちの死活問題よ。だから働き蟻たちにいま急いで横穴を掘らしているけれど、一族ともども死滅するかもしれないのよ。ドンさんは、常々弱い者の味方で、零細企業の擁護者として知られてもいたし、内閣府の高官にも臆せずに抗議するほどの胆力ある実力者だったじゃないの！　大川ドンさん、ただ腕をこまねいていないで、私たち蟻一族のために小砂利を少しその手で除けていただけませんか？」

……夢から覚めた大川ドンは、両眼を瞬くと、重い腰を上げ、女王蟻が飛び去ったアザラシ風の巨石の喉元あたりの白砂を両手で少しばかり除けてやった。見る見るうちに働き蟻の数が増え、活動が活発になりだした。

それを見たドンは、かつてない清々し気持になれた。そればかりか、つい欲が出て、行動を起こしていた。自分流に白砂の庭をキャンバスに見立てて、一気に流れの溝を作った。高齢の脚はよろけそうになったが、白砂の流れは蛇行して端居近くにある蹲踞まで伸びていた……ドンはかつてないくらい無心になれたし、満足感が全身に満ちてくるのがわかった。

乃木将軍の墓石のような滝に似せた鏡石などないから、枯れ山水とまでは誇れないし、侘びも寂びも感じられない。しかし……ドンは閃いた。慌てて物置から、自分の別荘のある葉山の海岸で集めた流木やら桜貝やら、さまざまな形をした貝殻や多彩な色のシーグラスなどの入った小箱を探し出して、それらを『流れ』に一気にあしらってみた。

これまでなかった現代的な趣が加えられてか、とりわけ雨後の景色が楽しめそうにおもえた。夕立でもくれば、流れの溝に雨水が照り映えて、シーグラスが風格ある多彩な色を見せてくれるだろう、とドンの胸は期待に膨らんだ。

午後一時に現れた庭師の親方は、腕組みし、口を閉じたまま眺めていた。

白砂の庭に作られた、くねった帯状の流れの溝の底で光る多彩な色のいくかのシーグラスや桜貝やひる貝や小さいサザエの殻や、ヤドカリの殻など……なんと言っても、白砂庭園を引き立たせているのはアザラシ・ストーンだった。

それに大小二本の流木が趣を添えていて、目を惹く……大川ドンは生まれてはじめて我を忘れて一気呵成によろけつつも無意識に動きまわった結果の全体を、庭師とともに、今、改めて眺め、驚嘆した。

庭師の親方は心の中で呟きつづけていた。

(……うーん、こんな見事な流れを、誰が作ったのだろうか……あざやかというか、無心で無欲というか……匠気のないのが何とも素晴らしい。ほのかに感じられるのは純粋な自発性がもたらした無垢の心の表現であった。この不審なドンがこれほど純粋で無欲な流れを作れるはずはない)。

「この流れは、どなたが作られたのです? ドン」

「親方、私を直接ドンと呼ぶのは、止めてくれないか! ゴッドファーザーでもあるまいし」

するると親方は、凛とした態度で言い返した。

「大川様は、以前は財界のドンでしたし、叙勲者でもあります……ドンという言葉は、スペイン語の男子への敬称なのですから、そう目くじらを立てなくてもいいではないですか」

「ほー、私はドン・キホーテか。君もなかなか学があるね」

「これでも自分は農学部卒です」

「へー、学士さまの庭師さん、かね? 君は」

「……もう一度訊きますが、この流れは、ドンご自身が作ったのですか」

「ああ、私だが、それがどうかしたかね？」

「庭師としての私の、出る幕が寸毫もありません。どんなモチベーションがドンを駆り立てたかは知りませんが、俗っぽさも、いささかの匠気も感じさせない……見事です。大川ドンさまへ、庭師として『流れ』の製作費を返金させて下さい」

そう言って、庭師の法被姿の親方は、腹巻から一万円札を三枚取り出して、ドンの籐椅子の足元にそっと置いた。

万札を見た大川ドンは、にたりした。

「小生は、これほどの無欲の美をこれまで見たことはありません。恐れ入りました」

と頭を下げると庭師は立ち去った。

一七　宮本武子との囲碁対決

塚原内科医院に隣接して開設された塚原囲碁サロンへは、古老の小生でも自宅から十分も歩けば行ける距離だし、今朝のこのチラシ広告にも右脳を使う囲碁は、ボケ防止になると書いてあるので運動不足解消にとおもって、ちょっと覗いてみる気になった。

開設された囲碁サロンの経営者は塚原卜人といい、内科病院の院長で日本棋院公認の有段者だそうだから、近隣住区随一の打ち手として評判が高い。

なお、塚原の本業の月〜金は、病院の院長としての午前八時半から午後一時半まで診察に当たり、午後二時ごろから不定期に囲碁サロンに師範として顔を見せることもある由。

土、日の午前午後は囲碁サロンで小学生のビギナーたちへの指南を行っている、ともチラシには印刷されてあった。ところで、とりわけ高齢者同士の対局は、熱中するあまり急に体調不良になったり、持病の発作に見舞われたりもするから、その際は隣の棟の内科医院へ駆け込めば、応急手当や救命救急の診断を施してもらえる利点もあるし、個人病院の院長が、囲碁サロンの経営者兼務は、囲碁愛好家の高齢者にとっては願ってもないことだ。囲碁サロン内の壁には朱色で禁煙と書かれてあり、師範・塚原卜人、指導・宮本武子の二枚の木札が架かっていた。小生は宮本武子の看板にことさら目を引かれた。(タケコとよぶのだろうか……ムサシと読めなくもない？　……もしかして、武蔵の末裔では？)。

サロンの広さは、碁盤が五面で十人の対局者で満席になり、それをゆっくりと観戦する者の椅子などを置くスペースがあり、狭すぎるだろう。十人の対局者で満席になれば、人息がすぐに立ち込め、どれほど空気清浄機を目いっぱい作動させても、部屋に籠った体温や体臭をすぐさま除去するのは難しく、やむなく窓を開けざるを得なくなるだろう。(とまれ、極寒の冬にでもなれば、さぞや高齢者には辛かろう)などと小生には冬季のことが思い遣られた。(それは囲碁サロン経営が心配することであり、今、古老の小生が心配することではなかろう……かといって生来の極度の腋臭《わきが》持ちの者の敬遠は、差別につながりかねないからその対応には留意せねばなるまい。また、ニンニク愛好家を排除することなどもっての外……）などと小生は余計な心配をしていた。

サロン内は閑散としていて、奥の席に一人の茶髪の若者が、なにやら英語の原書と英和辞書とに首引きで勉強しているようだった。この光景を小生が、しばらく眺めていたら、「どなたですかな？　吾人は塚原卜人という内科院長兼囲碁サロンの師範だが」

背後から声を浴びた。

「小生は隣の町に住む佐々小次郎という隠居の身分です」

「お、おー、立派な鶴髪の佐々木小次郎殿、随分とお年を召されておりますな？」

と言う塚原卜人の両目からは鋭い眼光が放たれている。この細身のゴマ塩頭の医師が、囲碁サロンの主か、と改めて小生はおもった。

「佐々木小次郎ではあらぬ。小生の氏名は佐々小次郎である。注意されたし。塚原卜全殿、お見知りおきくだされ」

小生はわざと、卜全と言い間違えてみた。

「いやはや、こちらこそ……ところで拙者は、全ではなく、卜と人と書いて（ぼくじん）

と申す藪医者でごわす……さて、当サロンは、祝祭日も休業なしで、月極めなら月額の料金は七千円で来訪対局自由、一日の料金だと千円で三局までとなっておるが、いずれにいたすか？　御老体……おみ足を使い、右脳を使って囲碁を打てば、認知症になるどころか、いつまでも健康体でいられるし、貴殿なら白寿までも望めよう」

「白寿とは嬉しいことを申してくれますなー。あと十二年余も生き延びられればの話ですが……さて、塚原卜人先生、月極にいたしたい」

小生は七千円を支払うつもりで一万円を取り出して
「三千円のお釣りを下され」

と催促した。

「佐々小次郎殿、この初回の三局のみは、貴殿の腕前の認定の手合いでして、無料と決めておるから、頂くことはできん。おい、武子（むさし）！　この御仁と、いきなり巌流島の決闘だ。直ちに対決せよ」

サロンの経営者の塚原卜人が声高に言い放った。

サロンの隅にいた若者が、慌てて書籍類をショルダーに詰め込んだ。小生は、一見フリーター風の宮本武子と呼ばれる若者のいる席に近づき、碁盤を前にして対峙した。

「わたくし、宮本武子（ムサシ）といいます。よろしくお願い致します」

と小声でいうと、もじもじと若者は、奇妙なはにかみを見せた。

「佐々小次郎です。御指南のほど、よろしく」

小生は声高に言って、己の目を疑った。宮本武子が茶髪で両耳にキラキラ光る金のピアスをしている色白の美少年だったからだ。

「は、はい……指南を受けるのは、小生のほうですから、黒石を持たせてください」

「それはこまります。小次郎さまの白髪に敬意を表して、このわたくし武子が先手の黒を持ちとうございます」

と、からだをなよなよさせ、茶髪を掻き揚げながら言った。

「武子殿、サラリーマンを停年退社してから三十余年以上も碁石を握っておらないから、後手の白はご勘弁ください。先手番の六目半の込み出しは、小生には絶対に無理です」

「そこまで言われるなら、佐々小次郎大先輩のお言葉に甘えて、取敢えずこの武子が白を持たせて頂きますが、ここの規則では、初回は互先で三番勝負ということになっています……では、お手合わせをお願いいたします」

ヤングで美白な武子の細い指の爪にはピンク色のマニキュアが怪しく光っていた。小生の胸中は何故かむらむらして穏やかではなかった。

「どれほど力量があるかは存じ上げぬが、武子殿、碁石の上に碁石を重ねたりする賽の河原の必殺技は御法度ですぞ」

小生は武子を馬鹿にした。(三十代のサラリーマン時代に、小生は社内の囲碁大会で三位入賞を果たした経験があるが、五十数年も昔のことである。それに小生はごく最近までこの種のビジュアル系の青年を蔑視してきたし、ことさらオカマやゲイを軽蔑してきているせいか、ついつい囲碁対決前にこの美白なヤングの武子にこんな侮辱的な言葉を吐いたのだろうか……)。

小生は何がなんでも勝たねばならないと奮い立った。

勝敗は、小生の黒中押し勝ちで、その後の二度とも白中押し勝ちの三勝〇敗であった。

「小次郎殿、宮本武子は完膚なきまでにやられました。これから武子は進学塾に行き、女子大受験のための勉強をせねばなりません。これにてご免！」

と言い、なよなよと立ち去った。

患者の診察が終わって、中座していた師範の塚原卜人医師が戻って来て言った。

「佐々小次郎殿、お主、やるのー」

「塚原殿、あの武子（ムサシ）は？　何者でござるか」

「実は、じゃな、あの子はわたしの妻の妹の子で、トランスジェンダーなのじゃよ……レスビアン、ゲイ、バイセクシャル、トランスジェンダー……つまりＬＧＢＴのＴで出生時の性別が男で心の性別が女性という性同一性障害のトランスジェンダーなのじゃよ。小次郎殿、解るかな？　わしの話が」

「トランスジェンダー？　解らん、まったく解らん」

「小次郎殿、つまりじゃ、な……からだは男性だが、心は女性ということなのじゃよ」

そう言われて、小生は言葉を失った。（宮本武子はトランスジェンダーで身体は男性だが、心は女性だったというのか、信じられない？）。

「小生、佐々は、吐き気を催して、とても冷静ではおられん、塚原医師殿」

「小次郎殿、その無知がそもそもいかんのだ。人を傷つけるのじゃよ。いずれ、このサロンの経営権は宮本武子君に譲ることになろうが、それは彼女の希望の女子大の経済学部でも卒業してくれた暁の話であって、あと五、六年ほど先の話ではあるが、な」

小生は同性婚が人口に膾炙《かいしゃ》するなど、なにやら目まぐるしく人間の性が動いているのは、テレビや新聞で知ってはいたが、ＬＧＢＴとか、トランスの男性を入学させようと女子大が入学範囲を考え直す時代に入っていることまでは正直知らなかった。

さりとて（心は女性）の男性とは言え、キャンバス内のトイレや更衣室など厄介な問題を、女子大側はどのように具体的に解決して、日本の各女子大が、アメリカやヨーロッパ並みに、女子大の存在意義を見直そうとしているのだろうか。塚原医院長に説明されるまで、小生は浅学寡聞の身だったことを知らされ、赤面したし、更に小生は詰問調に訊いてみた。

「なぜ、武子君は女子大なんかを希望するのだろうか、それが不可解でならん」

「その理由はだね……毛嫌いする無知な人達が社会には大勢いるからであり、性的少数者のいじめや集団リンチなどの暴力、つまりヘイトクライム（憎悪犯罪）に遭う恐れがあるから、武子君（ムサシクン）も武子（タケコ）と呼称を変えて安全な場所、つまり女子大を選択させることにしたのだよ。わし自身もそれが、今日ではベストの勉強方法だと考えているのだ」


小生は自分が見た目や第一印象で嫌悪したり、ＬＧＢＴを蔑視したりして今日までより深く知ろうとしなかったことを、改めて塚原卜人医師におもい知らされたのだった。


「佐々小次郎殿の三勝は、お情けだったようです、な。宮本武子君の」

「小生の三勝が、武子青年のお情けだった？　それ、どう意味かね？」

「武（ムサシ）青年の心は、女性なのです。つまりトランスです。年齢や人を見て、ビギナーには、手心を加えます。当サロンが、一人でも多くの会員を増やすことのみを考えて、武子君は対局に臨んでいるようですな。佐々殿には、三度負けてやって華を持たせたのでしょう、きっと……だって、武子（タケコ）は棋院で嘱望されている有段者の一人ですぞ。ただし、いまは女子大へ入学のために猛勉強中の身で、進学塾でも、トップを走っている子でもあります。わしは日頃、『会員を増やすための囲碁対決なのだから、武子には相手の気持を汲んでやって対局をするようにと日頃言っているのです。会員をふやすための営業囲碁があってもいいではないですか。小次郎殿の後手の三勝はサロンにとっても、貴殿のためにも良くないから、タケコには厳重に注意しておきます。対局者のお齢も良く考えなさい、と……」

白衣の看護師が飛び込んできて、「先生、急患です」と言ったから、塚原卜人先生は医務室へ走り去った。小生は、平日の午後の囲碁サロン内で、二面の碁盤の対局中の四人の会話と碁石の音が弾んでいるなかで、一人だけ孤独だった。（不潔なオンナ男のトランス・タケコなんかと二度と対局してやるものか）と思ったら、（時代遅れのジジイとなんか、二度と手合せしてやらないわよ）と宮本武子の声が耳元でした。

一八　リストラ・レシピ

証券会社の人事課長に抜擢された今村和恵は、日毎に活け花が退色するように精気を失っていった。その訳は、和恵の直属の上司だった小川琢磨人事課長が、支店の閉鎖や関連会社の統廃合というリストラのど真ん中で心労の蓄積のためか、本社の屋上から投身自殺してしまったからだ。で、今村和恵は急遽その後釜に推挽されたという経緯が重くのしかかっていて、今もなお和恵にはそのショックが心の中に残っていたからである。

和恵の家庭内では、共稼ぎしていた夫の勝男が一年前に銀行をリストラされてごろごろしているし、そのうえ義母までが要介護認定3で認知症を患っていて、病床生活の面倒を実子の夫・今村勝男にやらせているという複雑な事情が和恵の精神的苦痛にもなっているのだった。

近頃、和恵がしみじみ思うことは、子供に恵まれなかったという不幸が、皮肉にも安堵する拠りどころになっているということだった。この未出産の女という自分の不幸が、潰えた夢というネガティブな不幸の考えはなく、今ではどれほど和恵の明るい安堵感のよりどころになっているかを、皮肉にもしみじみと感じさせられる日々だった。（とかく曇りがちな家庭環境を、実子のないことがどれほど精神的に明るくさせてくれていることか）と和恵は苦笑いしない日はなかった。

和恵は会社の人事課長のデスクで、夫・勝男の拵えてくれた不味い弁当をなんとか完食してひと息入れていたら、常務の倉本昭雄人事部長室に呼ばれた。

「今村君、君が立案した『人事制度の抜本的改革案』のレポートの実績重視型の評価制度の導入の個所は、今朝の常務会で評判がよかったよ……ところで、本社の従業員の三割削減の件だが、労組側になんとか承諾させることができた、と労務担当の役員から報告があった。それで、早速で恐縮だが……君の所属の人事課の十名の職員の中から三名の退職勧告者というか、退職希望者の名前を明朝までに提出してもらいたいのだが、いいね」

「明日の朝までに、ですか」

「そうだ……三割の人員削減は従業員ばかりではない。先刻の常務会では課長、部長、われわれ役員も三割削減という大鉈を振う、と社長自身からも発言があったばかりだ」

「それは十分承知しておりますが、自然減や早期退職者制度の推奨だけでは、今の急場はしのげないということなのですか、倉本常務」

「ああ……業績も大幅の減収減益で、三年連続の赤字計上になるのは必定だ。無論、株主へは無配のままだが……今村君、人事課長就任早々で恐縮だが、よろしく頼むよ」

「常務、私のセクションからは一名の退職者も出すことはできません、断じて。これが人事課長・今村和恵の基本理念です、ご理解ください。お願いです、常務たち四人や専務たちの機密費を全廃すれば、人事課の三人の職員は解雇せずにすみます」

人事課長としての今村和恵の眼には、ただならぬ決意が光っていた。常務も瞬時、たじろぎをみせたほどだった。常務室が緊張感に満たされた。「……私をリストラ名簿に入れてください」

和恵は倉本常務を睨み付けた。倉本は瞬時たじろいだ。

「今村君、君は私が抜擢して人事課長に就任させたばかりじゃないか。それなのに直ぐまた君を退職勧告者に入れることなんて出来る訳がないだろう。君の家庭環境も調べさせてある。それよりなにより、お前の目は節穴かと笑われかねないし、そんな朝令暮改みたいな人事が出来るとでも思っているのかね！……将棋の駒じゃあるまいし」

倉本常務は声を荒らげた。今村和恵の凛としていた背筋が、和んだ。

「これ以上常務との押し問答は無益ですから致しませんが、常務の命令は承知しました……三名の辞職勧告者名を明朝に提出致します……ところで、解雇者選定の秘訣というか、虎の巻レシピとでもいいますか……それがあれば、ぜひ、お教え下さい」

「君は前任者の小川から引き継いでおらんのかね」

「はい、前課長は慌ただしく自死してしまわれまして、いきなり私が昇進しましたから」

和恵は困り果てた表情を見せた。

「そうだった、そうだった、な？……このレシピは、極秘だ、口外ならんぞ！」

と言いながら走り書きしたメモを、常務から今村和恵人事課長は手渡された。

「そのメモは、見たらすぐに焼却してくれ、いいね？」

常務は厳しい目線を和恵に送った。

「はい、承知いたしました」

「会社の窮迫解消は、今村和恵人事課長の双肩にあるのだぞ。だから頼む」

「はい、では失礼致します」

今村和恵は深々と一礼すると退室して、トイレのなかの便器に座ってそのメモを見た。

一に女性、二に無能、三に裕福となぐり書きがしてあった。

これが馘首者《かくしゅ》選定順序のレシピか、と記憶に残し、そのメモを千切ると、それを和恵は便器に流した。

人事課の自席に戻ると今村和恵は、暫らく黙想した。

「う、うん……『三の裕福とは、人事評価で甲乙つけがたい時は、裕福な家庭環境にある職員の方を識首しろ、という意味だ』とすぐに理解ができた。けれども、かりに三番目の裕福という選定順位を貧困家庭のＡ職員と入れ替えて退職させたら、Ａとその家族らは路頭に迷うことになり、すぐに労組は職員らに焚き付けて社内で問題化にさせたり、いや社会問題化に発展しかねないだろう、大人数だったら」と和恵は気付いた。

とまれ、『当社は一部上場の証券会社でもあり一五〇〇人強の全職員数の三割削減となると、馘首される総職員数は、低く見積もっても四五〇人は下らないだろう……恐ろしいことだ……そう、仮にこの四五〇人の全職員が路上生活者にでもなれば、一企業の会社内の問題に止まらないし、わが社自体の社会的信用の失墜も免れないだろう。ここ四、五年は、営業成績が右肩下がりの赤字経営から這い上がれず、赤字経営で推移しているし、新規高・大卒社員の採用は中止してから四年にもなるから、独身社員は少なく、既婚社員のほうが遥かに多いのが実状で、妻帯者や家族や両親などへの影響を考えると波及する悲惨さは計り知れない』と和恵は胸を痛めた。

『それにしても馘首のレシピ一が（女性）とは理解し難い。男女雇用機会均等の姦しい今日に、女性蔑視のこの馘首レシピの序列は断じて承服できるものではない』と和恵は怒りがこみ上げた。

ふと、和恵は想った。

『リストラされた夫の地方銀行でも、このレシピが採用されていたのだろうか？　……だとしたら、夫・勝男は（無能）という烙印は押されてはいないことが解るし、一年前に馘首された当時も私との共稼ぎだったことを思えば、レシピ三の（裕福）と認定されてのリストラと考えられるから、一先ず夫の力量は信じてもよかろう』と思う……さて、これからは、私自身の家庭のことだが、目下私は失業中の夫・今村勝男と要介護3の義母を抱えているから、社会通念からすれば馘首レシピ三の裕福には当たらない。それに私は常務には有能と見込まれて昇進したのだから、レシピ二の無能という烙印も押されずに済みそうだ。残るのは馘首レシピ一の（女性）である点だが……こう考えを進めていたら、いきなり、ビルの屋上から投身自殺した小川前人事課長が、私の耳元で呟いた今際の言葉の『騙された、あの常務に』と言い遺した言葉が心に蘇った。すると倉本昭雄常務のあの老獪な眼光が、いままた和恵の心のなかで、ぎらつき始めていて消えない。

『わたしは、逸材として将来性のある有能な人材と評価されて人事課長に昇進したのではない、あくまでも前課長の不慮の自殺による急場しのぎの人事にすぎなかったのだ』と改めて気付かされ、ショックを受けた。

今村和恵は定刻に退社して自宅に直行すると、夫の手作りの不味い煮物の夕食をすませ、へらへらふるまう夫を軽くあしらい、寝た真似をしている義母に一瞥をくれると、書斎のデスクに向い、籠った。

早速、常務のくれたなぐり書きのレシピを頭に浮かべながら、自分を入れて十名いる人事課の職員のなかからリストラする三名の選定をはじめた。

『レシピ通りに選べば女性は自分一人しかいないから、リストラの、いの一番目には今村和恵という自分自身の氏名を挙げざるをえない。しかし二番目の無能は、人事考課の綴りから過去三年の実績を見て、苦もなくBという男性名を決めることができた。レシピ三の裕福ということなら、有名お笑い芸人の長男のCか、高名な作曲家の一人っ子のDのいずれかだが、浮き沈みのある芸人の子沢山の家庭よりも、後者の作曲家はレコードなどの印税の定期収入が見込めるから、その入社五年の独身男性のDの職員に決定した』

こうしてリストラ三名の選定作業は終えることができたが、和恵の全身に貼りついている不快感は拭いきれなかった。

とまれ、突如、『嵌められた』という言葉が閃き、倉本常務の計略に自分が関わっていないだろうか……という不快さと不安さの渦に揉まれている思いが、いつまでも和恵の脳裡から離れないでいたからである。

二週間後、リストラ一覧表が社内の局ごとに配布された。

その表には、総務局人事部長の常務取締役の倉本昭雄も人事課長の今村和恵の氏名も記載されてあった。

尚、その表には筆頭株主からの発言として、「経営破綻を回避するために、現代表取締役社長はじめ経営陣の刷新を図り、財界から大型頭脳の導入などを断行する」との発言があった旨の追記もしてあった。

このリストラ一覧表を見て、人事課長の今村和恵は、自分が馘首される身でありながら、『上には上があるものだ』と何故かさばさばした気持でいる自分に気づき、不思議な気がした。そればかりではない。『……日本社会はジェンダーフリーどころか、まだまだジェンダーバランスさえとれていない男性社会なのだ』と改めて、今村和恵は思い知らされたのだった。『無職になった自分は、これからは夫・今村勝男のお尻を叩いて頑張っていくぞ』と和恵は決意を新たにした。

一九　錠剤で生かされているぼく

朝食後、ぼくが血圧を測って、その数値を血圧手帳に記入していたら、

「前立腺肥大ですが、高齢ですからオペはしないで、当分の間、利尿剤を飲みつづけることにしましょう」

と、泌尿器科の主治医に言われたことを想い出した。それで利尿剤の薬も服用しているから、現在も朝食後、七種類の錠剤を飲んでいるし、夕食後も三種の錠剤を飲まなければならない。こんな生活を一年半以上も私は送っている。通院をはじめてから程なく、私は命の恩人とも言える循環器内科の稲山主治医に訊いたことがある。

「毎朝、食事後七錠がメインテート、バイアスピリン、アムロジン、パリエット、リバロがクレストールに替わり、エリキュース、心臓の血管を広げている金具に血のかたまりがつまらないためのリーフなどで、夕飯後はエリキュース、ユリーフ、フェブリの三錠を飲

みつづけていますが……これらの錠剤の中で、オペ後の私のからだにとって最も重要な錠剤を一つ選ぶとしたら、それは何でしょうか」

「そうね……強いて一つ言うなら、血液をサラサラにするバイアスピリン錠ですね」

主治医の即答が返ってきた。(そうか、そうか……最低このバイアスピリンという錠剤の服用だけは、心臓の血管を広げている二つの金具にサラサラな血液を通すために、血液の凝固するのを抑える薬だから、おそらく死ぬまで飲みつづけなければならないのだろう)と私はその時観念したことを忘れていない。

そもそも私が、急性心筋梗塞に倒れたのは一年半前の二〇一五年十二月七日だった。

『このマンションは、買い物が不便なのよ』と妻・安子からの泣訴もあって、長い間不整脈持ちで八十五歳の私が、老骨に鞭打って転宅を決意し、新居に引っ越しを済ませてからほどなく、その無理が祟ったために朝食中に胸に異常な違和感を覚え、いきなり極度の圧迫感に襲われて、ますます息苦しくなってきた私は、ふらふらとベッドへ倒れ込こんだ。全身から汗が吹き出てきた……タオルで拭いても汗が出てきて、からだが冷たくなるばかりだった。

「おい、安子、救急車を呼んでくれ、たのむ！」

運よく通りかかった救急車とすぐに連絡が取れた。私はストレッチャーで移動中、救急車の医師から訊かれた。

「どうしました？」

「胸が、胸が……」

私は応えた。

「ご希望の病院は？」

「東京医療センター……」

救急車の警報を意識の遠くに聞きながら暫くすると、東京医療センターに着き、私は一階の手術室へストレッチャーごと運び込まれた。左手首にリストバンドをされ、白衣を着せられ、それから手術台に立たされると、いきなり陰毛を除去された。つぎに部分麻酔をされ、股間の付け根の鼠径部の静脈から心臓までカテーテルを挿入された。こうして冠動脈の右一本の急性心筋梗塞の個所に治療が施されて無事に手術を終えることができた。おもえば幸運が幸運を呼び、リレー走者のバトンタッチみたいに素早く医療処置が施されたお蔭で、四階の集中治療室（ＣＣＵ）へストレッチャーで運ばれた私は、やっとからだを横たえることができたのだった。だが、私は絶対安静で両足を伸ばしたまま寝返りすらも禁じられてしまい、その夜は、一人で夜を過ごした。

ＣＣＵ内には、五つのベッドがあり、痛みで唸り続けている患者、しくしく泣いてばかりいる患者、独り言を呟きつづける患者たちがいて、私は気持を休めることなどできなかった……突然、ガタガタ、コトコトと音がしたとおもったら、慌ただしく、別のストレッチャーが運び込まれて来て、私の横に並んだ。付き添い家族らしい中年女性が引きつった声で語りかけていた。

「母さん、母さん、聞えているくせに、聞えない真似なんかしないでよ……たしかにわたしは、鬼嫁ですよ。意地の悪い鬼嫁でしたよ。でもさ、でもさ、それは全部、お母さんの言う通りにしただけのことですよ。郵便貯金の通帳も、銀行の通帳も、いつも、いつもお母さん自身が置き場所を変えるから、しまった場所を忘れるのよ。私のせいではありませんよ。ねえ、ねえ、おかあさん、聞いてくれいていますか！　もう、つんぼのマネは、しないで下さい。答えてくださいい。正直にいいます。許してくださいい、一度だけ、通帳を隠しました。生活費が足らなかったから少し、本当に少しだけ下ろしました。黙っていてごめんなさい。これ一回きりよ、聞こえている？　返事して下さい！　返事してよ、頼むから、つんぼの真似は、やめて、ねえ、ねえ、ね、ね……」

看護師長の注意を受けたため、女性の声は小さくはなったが、相変わらず鬼嫁は喋り続けていてやめない……私は両手で耳を塞いで眼を閉じたら、睡魔に襲われた……目覚めたら、私の横にいた鬼嫁も義母のストレッチャーもなかった。その後の看護師たちの会話から推しはかると、鬼嫁の義母らしい患者さんは、どうやら霊安室へ移動したらしい。

こんな慌ただしいＣＣＵのノイズのなかで、私は二昼夜もの間、留め置かれた。鼠径部から大腿部に貼られた大幅のパッチテープの交換などもあって、私はただただ苦しく慌ただしい時間を過ごした。そのうえ、未熟な若い医師の不手際が私の尿道官を傷つけたから血尿が出たりもしたが、重篤な合併症に罹ることもなく四階B病棟の六人部屋の窓側のベッドに移されたのだった。早朝、看護師がブラインドを開けに来くる。やがて次の看護師が検温、脈拍検査に現れ、私の希望で全粥の朝食が終わると、このときから十五種余の飲み薬（錠剤）の入った薬箱が私の枕元に置かれた。夕食後には数種類の飲み薬が同じ箱に入れられるようになった。

妻と長女が入院中一日も休まずに、七日から二十五日まで毎日通いつづけてくれた。この皆勤は、なによりも私の励ましになったし、回復の原動力にもなった。……感謝、ただただ感謝の気持で日が暮れ、日が明けていった。高齢のせいか自然と私の頬に涙が流れる日がつづいた。忙しい長男夫婦も数回、見舞いにきてくれた。私は、自分自身が生かされていることが、これほどありがたいとおもったことはなかった。

カーテン一枚で仕切られている隣の患者さんが、丸い顔を見せて、私に声を掛けてきた。

「先輩、驚きましたねー……全員黙祷！　の声がしてさ、暫らくしてナースセンターから出てきた看護師さんたちとすれ違ったら、みんな涙顔だったよ。それでナースセンターへ近づいてみたら、まだ女性看護師さん達のすすり泣く声が聞こえていたよ……そう？　きっと長い間入院中の癌か何かの重篤な患者さんが亡くなって、霊安室行きになったのだろうね」

私の入院中の大病院の病棟には（時を待たずに亡くなる人、事切れる人、眼を瞑る人、息が絶える人、など、死が詰まっている場所でもあるのだ）とあらためておもい知らされたのだった。そう、寝起きしているここは国立医療センターだということを忘れがちの私は、ふと、目頭が熱くなり、気が付けば毛布の中で自然と両手を合わせて合掌する日が多くなった。

カラ、カラ回る……そう、カラ、カラ鳴る玩具の風車の音で想いだした……それは私と洗面台を隔てた向こうの窓側のベッドの患者さんの吹く風車の音を。細身で男優の笠智衆さんに似た患者さんが、大ぶりのガラス玉のついたガラス管を何度も何度も飽かずに吹き続けている……息を吹き込むたびに、ガラス玉の中の小さな風車が回りカラカラと鳴る仕組みのようだ。開胸オペをした患者さんの肺活量を増やすのに役立つ玩具らしいもので、食堂脇の一階の売店で売っているのを私は見た覚えがある。

ご夫人とその笠さんらしい患者の会話がカーテン越しに洩れてきた。

「……大丈夫よ、あなた。上手くいくわよ。……あまり考えこんで、悩むと滅入るだけよ
……二度目なのですもの、自信を持ちなさいよ。大丈夫よ！　きっと成功するわ、あなた！」

笠さんらしい男の返事はなく、懸命に目いっぱいに息を吹き込んでいるらしい……カラ、カラと弱弱しい回転音が聞えてくるばかりだった……。

「随分、いい音がするようになったわね、あなた」

「そうかな、以前入院した時に比べるとまだ弱い音しか出てない、とおもうよ」

「そんなことないわよ。回る歯車の勢いが、前回よりずいぶん強くなったわ」

「そうかな？　少し勢いは増した、か。でも、これから二度目の開胸オペ……嫌だな」

「もっと自信を持って下さい。あなた、きっと上手くいくわよ。だってあなたは強運の持ち主だもの」

翌朝、私は運び込まれてくるストレッチャーの音で目が覚めた。笠さん風の患者さんの

生還かと思ったが、丸顔の見知らぬ男性患者だった。この光景を薄目で見て私はショックを受け、毛布の中で合掌していた。（風車吹きの痩身の笠さん風のオペは不成功に終わり、きっと霊安室に運び込まれたのだろう……）。私の耳の奥では、いつまでも風車がカラカラと寂しく鳴りつづけていた……。私は患者六人同室の病室にいたから、ことさら夜間は、点滴の不具合や吊るされた袋の薬剤が空になると、ピー、ピーと警報音が鳴るのが気になる。私自身の点滴のことなら、枕元のナース・コールのボタンを押せば、すぐに看護師が駆けつけてくるが、他の寝入っている五人の患者さんの点滴の不具合の警報音が鳴り、耳障りで眠られないから、私はしばしばナース・コールを押して看護師を呼んでやったものだ。だから夜間の睡眠は浅く、日中の昼寝の方が眠りは深かったようにもおもう。

笠さんらしいの患者さんとの永訣があってから数日後、私は一階の長い廊下で主治医とたまたま出遭ったから、「もう一度あると言われたオペは受けたくありません」と私が言うと、主治医は、私の目を見据えて言った。

「死にますよ。それでもいいですか」

「は？　はい？　……では、ぜひオペをお願いします」

と小声を洩らし、私は何とか恥辱に耐えた。（ここだ、この手首に部分麻酔されたが、鉈でぶった切られたような痛みが走ったのを今でも覚えている）。

「肩にある血管にカテーテルが詰まることがある。それさえなければ……」と患者さんの会話で聞き知っていた私は不安を感じながら、右手首からカテーテルの穿入に成功し、心臓の冠動脈の左一本の狭心症のカテーテルのオペは無事終えることができ、ほっとした。

その後、辛く苦しい歩行練習のリハビリテーションを熟すことができたから、同月二十五日に退院することができた。十八日ぶりの帰宅であった。そう、私は死ぬまで薬は飲みつづけなければならないだろう……僥倖にも私は現代医学で蘇生し、これから先も錠剤で生かされてゆくのだろう……これが今日の私の偽らざる暮らしである。さて、死支度を……。

二〇 愛読書

今日もまた、ステージ四の壮年の患者・浦島次助という男性が、肝臓癌の重症病棟の個室で、カーテンからもれる朝日を頼りに読書に耽っていた。というよりも自分の余命を読書に注ぎ込んでいると言ったほうがいいかもしれない。

或る日、浦島の姿を見つづけていた院内随一のデブで小柄な花山花子看護師が、優しく諭すようにこう言った。

「浦島さま、読書も大切でしょうが、点滴ばかりの栄養補給だけでは、あなたのおからだは長持ちしませんよ……食事を摂る時間まで惜しむどころか、検温も血圧測定も拒んでいてそうやって読書に熱中しつづけていたら、治る病気も治りませんよ。浦島さま、病人は病人らしくして、もう少し医師やわたしたち看護師の言葉にも耳を貸してくれませんと困ります」

「……花山さん、夜九時の消灯を一時間でも三十分でも伸長することはできませんかね」

「できません。この総合病院の規則ですから。いくら個室といえども浦島さま一人を特別扱いにするわけにはいきませんわ」

「訊くだけ無駄だったか……それでは、この懐中電灯用の電池を買って来てください」

「どうしますの？　浦島様。昨夜、巡回の看護師の目を盗んで、自分の睡眠時間を削ってまでして、この懐中電灯の明かりで読書していましたね？　夜勤の同僚から聞きました。もっとご自分のいのちを大切にして下さい。お願いですから」

「花山花子さん、電池をお願いしましたよ」

「ところで、それは大切なご本なのですね？　……何という題名のご本？」

「……想像にお任せします。これ以上の会話は、読書の妨げでしかありません」

「(この患者さんにこの分厚い本を読み終わるまでは何とか生かせて上げたい。……読み終わるまであと何日かかるかしら？　……)」

再び読書にのめり込んでいる浦島を、横目でチラチラ見ながら病室内の整頓を花山看護師が始めた。患者の眼前につり下げられた屈伸自由の読書台に乗っている分厚い書物の黙読に没頭している浦島患者の表情は真剣であった。書物にはカバーがしてあり、重量感のある分厚い書物だから書籍台も悲鳴を上げているみたいだ。（どうやら三分の二ぐらいの頁は読み進んでいるらしい）

と花山看護師はおもいながら退室した。

病棟の長い廊下をナースセンターに向かいながらも花山看護師は考えていた。（あの書物を読了するまで浦島さまの余命が残っているといいのだけれど……ご存命中になんとして読了させてあげたいものだ……ホスピスとはステージ四の末期患者のおもいに寄り添い、残された時間を充実させてあげる幅広い介護、つまり慈悲の心に似た気持で何とか、浦島さまの愛読書を読了するまで生存させて上げたい……それが今ホスピスケアのベストなのだ）と肝に銘じていた。

ナースセンターに戻った花山花子、若い看護師たちに囲まれ、質問が次々に飛んだ。

「花ちゃん、浦島患者さんのご様子はどうでした？」

「いつも通りよ」

「本の題名、分かりましたか」

「いや、だめだったわ」

花子は答えた。

「なにか変わったことは、ありませんでしたか」

「いつも通りにあの本に夢中になっていたわ……消灯後も懐中電灯を頼りに読書しているらしく……交換電池の購入を頼まれましたわ」

「消灯後も懐中電灯で読書ですか……わたし、ますます、書物の題名が知りたくなったわ」

「私も、そうよ」

「私も、よ」

噂の伝播《でんぱ》は速い。ナースセンターから医局へ、そして事務局へと総合病院内を一巡するのに半日もかからなかった。

院長室に現れた小島担当医師は、院長にこう答えた。

「浦島患者の噂を聞いて、浦島患者の素性を調査させた結果、妻に先立たれて天涯孤独だそうです。それに安心すこやかセンターの所長さんの話では、亡妻にはかなりの保険金を掛けていたらしいことが判明しました」

「そうかね、亡妻が遺した保険金で入院費をやりくりしているようだね。このまま推移すれば、ステージ四ですから、浦島患者の寿命は、あと二週間持つか、どうかだろう？　とても使い切ることはできないから、これで入院費は」

院長は続けて安堵した顔で言った。

「入院費用の件は、心配せんでも良いようだね……ところで浦島患者はやはり読書三昧の生活をしているそうだね？」

「はい、院長、私は診察を拒否されている担当医ですが、数日前、精いっぱい近寄って見ましたがカバーをした分厚い書籍のようでして、題名どころか著者の名前など全く分かりません。ただこの院内では誰一人知らない、ということだけが分かっているだけです」

「担当医の恥を自慢気に言うものではありません。看護師長はじめ、看護師誰一人として浦島患者の熱中している書籍の題名を知っていない。そんなこと考えられますか。ところで君に訊くがね、この世の中で自分の余命を犠牲にしてまでも読み続けたい本があるとおもいますか？　小島先生」

小島担当医師が答えた。

「私の趣味はゴルフとサーフィンで、読書にはあまり興味はありません。十日ほど前、いやもっと前だったか、書名について私自身も浦島君に一度訊いたことがありますよ」

院長は身を乗り出して言った。

「ど、どうでした？　小島先生」

「無視されました……ですから、まったく見当がつきません」

「そうですか……医師は誰しもが運動不足がちだし、どちらかといえば研究論文や医学専門書などに目を通さないと時流に遅れるから、浦島患者のように余命を忘れてまで引き込まれる一冊の書物に出遭えないのはお互いさまだよ、な？　……医師としての義務感や使命感で医学書や研究論文の一字一句の活字に目を通している訳であって、浦島重症患者の愛読書は、私ども医師たちにはきっと縁遠い読み物なのだろう？　……そうは言ってもフィクションか、ノンフイクションか、その愛読書の題名だけはやはり気になるよな？　小島先生」

「はい、院長おそらく浦島重患は、あの分厚い書物を読み終わるまで、生き永らえないでしょうね」と小島担当医師は言い残すと、医院長室を退室し、ナースセンターに向かった。

小島担当医師は担当の花山看護師を見付けると、いきなり言った。

「花山君、浦島患者から本を取り上げたらどうかね。いのちを無駄にしないでください、とか何とか言ってさ」

ブスの花山花子が毅然として答えた。

「それはできません……浦島患者は時折、喜びに満ちた微笑を見せたりします。そのお顔が神々しく感じられたりすることもあります。書物の一字一句を噛みしめているようでして、少し、この頃、浦島次郎患者を尊敬したい気持になったりしまして……」

「そう、それは、正しく竜宮城帰りの生き仏かも知れないね、花山君」

「わたくし、重患病棟の個室病室の巡回に行ってきます」

と、ブスの花子はぷっと膨れ面をして出て行った。

やがて現れた花山花子は、重患の浦島次郎に明るくこう言った。

「これは、中庭に咲いていた秋桜ですよ」

とコップに挿した秋桜を窓際に置くと、メモ書きが花山に手渡され、筆談が始まった。

メモには、『ワイフはピンクのコスモスが好きでした。花山さんの優しさが、このピンクのコスモスを、見付けたのですね……』と筆談帖に殴り書きしたために体力を使い切った浦島は、もう筆談する気力もなく目を閉じたので、花山は静かに退室した。

同夜半、巡回中の花山看護師は、浦島患者の個室ベッドで、遺体、点灯中の懐中電灯、メモ書きの紙片と医科大学の献体認定書を見付けた。

花子宛のメモ書きは早くから用意してあったらしく、楷書ではっきり書かれてあった。

この認定書は、慶修医科大へ僕の遺体を献体する認定書です。

この番号に電話して下さい。僕の献体引き取り人が医大からすぐに派遣されて来ます。その際、この愛読書を渡して一年後の荼毘《だび》に付す時にお棺の中にこの愛読書を納めてくれるように伝えて下さい。

花子さん、この書物は僕の魂ですから、中を見ないで下さい。

尚、このメモ書きは必ず焼却して下さい。

花山花子看護師は、浦島患者とのこの密約を履行した。だが、正直に言うと一つだけ密約を破らずにはいられなかった。なにせ花子の胸の中で異様な衝動が突き上げてきて、自然に自分の手が動き、分厚い書物の中身を確かめてしまったのだった。

分厚い愛読書の中身は、コスモス、秋桜、白、淡紅、深紅、キバナコスモス、センセーション、ラジアンス、ベルサイユなどの文字や押し花が、無秩序に野原一面に咲いた秋桜のように、一頁にびっしりと余白なしに書かれてあった。そうしてそれが、最終頁までつづいているし、やや俯瞰して見ると、まるで刺繍されたように秋桜という文字が浮き上がって現れる頁もあった。ほかにも判じ絵らしき頁もあったりして、なかなかに工夫されていて見飽きることがない。

（これは、きっと浦島次郎患者の自作の書籍なのだろう。亡妻への鎮魂歌に思えてならなかった。書物の分厚さから察すると生前の浦島次郎さんは、この書籍作りにどれほどの時間を要したことだろう……涙と共に込み上げる感動に震えながら花子は、重症患者の浦島次郎さんの遺した愛読書に目を通し終わり、愛読書は重かったので、秘密裏に運び出すのに一苦労した。それは浦島患者から愛の重さを知らされたことでもあった）。

この時ほど花山花子看護師のブス顔は崩れに崩れて病院内随一のブス顔になったものの、ナースセンターどころか院内のいの一番の心優しい看護師だったから、浦島次郎の遺言は必ずや遵守されることだろう。

二一　新産業革命

ぼくは、星新一を追いつづけていたのだが、羽土力という日経産業新聞のデスク時代に、お世話になったことを忘れていなかった。

日経新聞、日経産業新聞、テレビ東京などが、新産業革命という旗印の下に、日経新聞、日経産業新聞、テレビ番組、日経ラジオ、講演などが、協同でおこなうメディア・ミックスの総合プロデューサーにテレビ東京の国保徳丸専務から、二年間ぼくが任命されたのだった。そのデスクが羽土力さんだった。

それから年月が過ぎ、羽土力さんが、日経出版社社長に就任したころ、ぼくは日揮という総合商社での講演を依頼されたのだった。

ぼくはその本社の大食堂で、三五〇人ほどの従業員の前で講演した。

ぼくは、営業局次長の経験があったので、同社の要望に応じ、赤字経営からの脱却とい

うテーマで、テレビ・タレントのよもやま話を、混ぜながら語ったから、好評裡に終える
ことができた。

それで別室で、総務部長から十万円のギャラをいただいた。すると、複数の経営陣が入
ってきた。専務だったか、常務だったか、記憶は定かではないが、星と名乗る人物に遭遇
したので、ぼくは訊いた。

「星新一さんの縁戚の方ですか」

「新一の兄です」

風貌も新一さんに似てた。（これは何という奇遇だろうか！）。

「ＮＥＴの『短い短い物語』を観ていましたよ」

それを聞いて、ぼくは感無量だった。これも遠い記憶の一コマでしかないのだが、ここ
らで、星新一さんを追いつづけるのを終わりにしたいとおもいます。

☆

日経新聞の記事によると、

日経新聞、テレビ東京、テレビ大阪などの日経グループ関連は十月上旬から、大型企画「ドキュメント新・産業革命」わが国初の本格的メディア・ミックス（異媒体による統一テーマの同時キャンペーン）として展開します。日経グループの報道媒体である日本経済新聞、日経産業新聞、テレビ東京、テレビ大阪を通じ、いま世界で巻き起こりつつ産業革命の現状を各媒体の特性をフルに生かして同時並行的に報道、放送するのをはじめ、書籍の発行、全国各地での講演会・セミナー開催、さらにはビデオ・テープなどにより、広く一般に訴えるものです。

日経メディア・ミックスは、（新聞・テレビなどで同時キャンペーン）の番組『ドキュメント　新・産業革命』来月から開始。（メディア・ミックスとは、当初、広告の媒体戦略として米国で編み出された方式）。（全文・日本経済新聞から引用）。

右記の日経メディア・ミックスの新聞製作スタッフは、主として日経産業新聞第三部（菅谷定彦部長）の記者が担当し、テレビ制作会社は日経映画社の担当であったが、テレビ放送に関する総合プロデューサーには若井田久が任命され、二年間担当することとなった。

ぼくは、日経メディア・ミックスに参加する全記者に集合してもらい、『映像表現』について講義したかったが、取材に忙殺される記者達の集合は困難と考え、記者達へ配布するテレビ番組『ドキュメント　新・産業革命』の映像制作の基本フォーマットを作成したのだった。

了

著者略歴

村上十七（むらかみ じゅうしち）

演出名：若井田久　本名：若井田恒

1930年、東京府東京市赤坂区青山南町二丁目に生まれる。慶應義塾商工学校に入学。太平洋戦争のため、実家大分に疎開し、県立商業高等学校に入学。同校卒業後、3年間浪人生活を送り日本大学芸術学部入学。同大学で優等生総代となり首席で卒業。映画助監督を目指すが募集がなく、不本意ながら大映多摩川撮影所特撮課に入所する。1958年、日本教育テレビ（現・テレビ朝日）に入社後、開局を迎えテレビドラマの演出を数多く手がける。

1964年、開局2ヵ月前に東京12チャンネル（現・テレビ東京）に副部長として移籍。テレビドラマの演出、ドキュメンタリー制作を担当し1978年に演出局長に就任。1980年、同社退社、ワカイダ・プロダクションを設立し現在に至る。

著書：『おしゃかさま 絵物語』『源氏物語の悲劇』『宇宙をさ迷う紫式部』『闘志燃ゆ テレビ・マンの実録』『映像遍歴』『快楽 源氏物語』

受賞：『未知への挑戦』テレビ記者会奨励賞
『人に歴史あり』テレビ大賞（三度受賞）
『金曜スペシャル　未帰還兵を追って（今村昌平監督)』テレビ大賞

1975年と1980年、全民放最大のマンモス・ネット番組『ゆく年くる年』総合プロデューサーとして二度担当する。

所属団体：テレビ東京社友、日本映画テレビ・プロデューサー協会会員、日本音楽著作権協会会員

（星新一をおいつづけて）

二〇の短編小説

令和５年２月25日　初版第１刷発行

著　者　村上十七
発行者　馬場英治
発行・発売　株式会社世論時報社

〒154—0015
東京都世田谷区桜新町２—25—15
seron2009@seronjihou.co.jp
電話　03-6413-6311（出版部直通）
印刷　株式会社世論時報社
製本　田中製本印刷株式会社